江戸尾張文人交流録

——芭蕉・宣長・馬琴・北斎・一九

青木健・著

ゆまに学芸選書
ULULA
3

ULULA：ウルラ。ラテン語で「ふくろう」。学問の神様を意味する。
『ゆまに学芸選書 ULULA』は、学術や芸術といった様々な分野において、
著者の研究成果を広く知らしめることを目的に企画された選書です。

目次

江戸尾張文人交流録——芭蕉・宣長・馬琴・北斎・一九

第一章　蕉風の連衆から

江戸時代、出版社つまり板元は「本屋」と呼ばれた。「物之本屋」……物事の本質をあつかうという意味である。

その本屋が活動をはじめるのは、十七世紀に入ってからだ。時代は寛永年間に入ったころで、伝統的な文化を蓄積していた京都ではじまった。

たとえば、寛永末に創業した京都の本屋・出雲寺時元（二代目和泉掾）は、公家やその周辺で所持する写本、古活字本、板本の同一書名本を集め、校合作業を行った。この作業に時元は、幕府の儒者林家を中心とする学者たちに協力を依頼している。

十六世紀中ごろより、京都町衆は、原典の宗教書、古典文学、漢籍、軍書などを、また、原典に注釈を加えた注釈書を要求した。その需要に応えたのが、松永貞徳の門人・北村季吟による

『源氏物語湖月抄』『伊勢物語拾穂抄』『土佐日記抄』『百人一首拾穂抄』である。

こうした京都町衆の支持によってはじまった江戸時代の本屋は、十七世紀末になって商業出版としてより幅広い階層へと浸透してゆくのである。それは、天和、貞享、元禄の時代で、徳川綱吉の治政であった。これを、仮に江戸の出版ジャーナリズムの前期と呼んでみてもいい。

この時期に活躍するのが井原西鶴、松尾芭蕉、近松門左衛門らである。契沖『万葉集代匠記』もこの時期のものだ。

この商業ジャーナリズムの勃興が、新しいかたちの文人、つまり新種のジャーナリストを産むのである。

天和二（一六八二）年の『好色一代男』も、元禄七（一六九四）年の『おくのほそ道』も、京都本屋の古典文学の出版によって、広い階層の知識人たちが教養を共有した結果誕生した文学だった。

『好色一代男』が『源氏物語』や『伊勢物語』のパロディーであることは誰もが知っているが、パロディーという近代小説の新しい方法も、江戸の商業出版の産物と言ってよい。

『おくのほそ道』という連歌構成の俳文が、パロディーと引用の織物であることは、その細部を読めば分かることだ。第一、十六世紀半ば以降の商業出版がなければ、連歌という形式も、連《れん》衆《じゆう》という繋がりもあれほどに流布したとは思えない。

わたしは、ここで、江戸の出版ジャーナリズムが産んだ新種の文人、旅をする俳諧師・松尾芭蕉に、まず照準を合わせてみたい。

芭蕉が、「桃青」の名を捨てるのは、天和三（一六八三）年板行の其角撰『虚栗《みなしぐり》』を区切りとして、ほぼ一年後の秋八月、『野ざらし紀行』の旅へ出立してからである。『虚栗』の跋文に「芭蕉洞桃青鼓舞書」と著名して芭蕉は、こう書いている。

栗とよぶ一書、其味四あり。
李、杜が心酒を嘗て、寒山が法粥《ほうじゆく》を啜る。これに仍而其句、見るに遙して、聞に遠之。
佗と風雅のその生にあらぬは、西行の山家をたづねて、人の拾はぬ蝕栗也。

延宝八（一六八〇）年冬、深川の草庵に居を移す前後から、天和二（一六八二）年十二月、類火の難に遭って甲斐に流寓するまでの二年余り、芭蕉三十七歳の冬から三十九歳の冬まで、彼の発句には特異な破調の時期が現われる。

それは、李白、杜甫への傾斜へとつながるが、芭蕉は、『虚栗』によってその破調から脱却、「佗と風雅」を求めて西行へと向かうのである。「人の拾はぬ蝕栗」というのが、俳諧という新しい詩への芭蕉の宣言であったと思う。彼が『虚栗』の跋で鼓舞しているのは、当時江戸で彼を師事していた杉風《さんぷう》、卜尺《ぼくしやく》、嵐蘭《らんらん》、揚水《ようすい》、嵐雪《らんせつ》、其角《きかく》といった門人たちではなかった、「芭蕉洞桃青」つまり、己自身をであった。

そして、貞享元（一六八四）年秋八月、芭蕉は芭蕉庵を出立、千里《ちり》を同行して西へ向かうのだ。

芭蕉庵は、通称鯉屋市兵衛といい江戸小田原町（日本橋）幕府御用達の魚屋だった杉山杉風の下屋敷内にあった葦簀《よしず》の番小屋を改修したもので、深川六間堀にあった。

芭蕉が『野ざらし紀行』の旅へ出立した芭蕉庵は、天和三（一六八三）年早々再建された新しい芭蕉庵である。

千里に旅立《たびだち》て、路粮《みちかて》をつゝまず、三更月下《さんこうげつか》無何に入《いる》と云《いひ》けむ、むかしの人の杖にすがりて、貞享甲子《ぢやうきやうきのえね》秋八月江上の破屋をいづる程《ほど》、風の声そぞろ寒気也。

野ざらしを心に風のしむ身哉

引いたのは、『野ざらし紀行』の冒頭だが、「野ざらし」の句は、四十一歳の芭蕉が、この旅で自身の死を覚悟していたことを物語っている。「野ざらし」とは髑髏のことだ。この旅は、いわば芭蕉が、西行との自己同一化を試みるためのスタートであったと言って良い。で、西行との自己同一化は、『おくのほそ道』の旅によって完結するのである。

一、『冬の日』からの出発

名古屋・栄のセントラルパークはあいにくの雨で、木々の梢《こずえ》や葉群から落ちてくる雨滴で黒御影の石碑は濡れていた。名古屋テレビ塔下の木々に囲まれた「蕉風発祥之地」の石碑である。芭蕉関連の本や写真図版としてはすでに知っていたが、実際にこの場所を踏むのははじめてであった。

荒く削られた受け皿風の自然石の上に、ぶ厚い懐紙の束をイメージしたらしい黒御影石が折れ曲がるかたちで置かれている。

その表に彫りこまれているのは、芭蕉七部集巻一歌仙『冬の日』冒頭の表六句である。

笠は長途の雨にほころび、帋衣《かみい》はとまりとまりのあらしにもめたり。侘《わび》つくしたるわび人、我さへあはれにおぼえける。むかし狂哥《きようか》の才士、此国《このくに》にたどりし事を、不圖《ふと》おもひ出《いで》て申侍《もうしはべ》る

狂句こがらし身は竹斎に似たる哉《かな》　芭蕉
たそやとばしるかさの山茶花《さざんか》　野水
有明の主水《もんど》に酒屋つくらせて　荷兮
かしらの露をふるふあかむま　重吉
朝鮮のほそりすゝきのにはひなき　杜國
日のちりちりに野に米を苅《かる》　正平

四十一歳の芭蕉が、当時浅草に住んでいた門人千里を伴って深川の庵を出立したのは、貞享元（一六八四）年八月のことだ。いわゆる『野ざらし紀行』の旅で、芭蕉は東海道を上方へと向かった。旅の直接の目的は、前年没した亡母の墓参であった。

八月三十日、伊勢外宮を参り、西行谷に遊んだ芭蕉は、九月八日、郷里伊賀に帰着。亡母の遺髪を拝み、四、五日滞在している。その後、千里の郷里大和で数日を過ごした芭蕉は、山城を経て近江に入り、ついで大垣の門人・谷木因《ぼくいん》邸に泊まった。その木因を同行して桑名へ向かい、桑名から熱田を経由して芭蕉が名古屋へ入ったのは、十月下旬のことである。木因はすでに名の知れた俳人であったから、名古屋の俳人たちを芭蕉に紹介したのであろう。

かくて、貞門派の俳人として知られる三十七歳の町医者・山本《やまもと》荷兮《かけい》をリーダー格とする名古屋の若き連衆たちが、壮年の芭蕉を迎え『冬の日』五歌仙の興行をするのである。この初対面の火花散る緊張感が、蕉風を確立する記念碑的な連歌を産んだのであった。

*

「蕉風発祥之地」の碑は、折れ曲がった厚い板状の黒御影石だが、『冬の日』冒頭の表六句が刻

名古屋テレビ塔下にある「芭風発祥之地」の石碑。

印されている表面も水平ではない。ちょうど懐紙の皺《しわ》のような折り目が途中からゆるやかな傾斜を作っている。その折り皺のところを雨滴が滑ってゆく。石の表面に木々の上の灰色の空が映っている。わたしは、六月の雨に打たれながら、三百二十年前の芭蕉たちの冬の日を幻視しているのである。

　碑の斜め前の地面に「蕉風発祥之地建碑委員会」の小さな石碑が置かれているが、それが記すところによると、この碑の建立は、昭和四十五（一九七〇）年十二月のことであったらしい。とすると、三島由紀夫が市ケ谷で割腹自決した翌月である。わたしは、碑の建立三十五年目にしてようやくこの地に立ったことになる。

　貞享元（一六八四）年十月下旬から、芭蕉は、熱田と名古屋を往復しながら二カ月余りこの地に滞在した。当時の地名では、宮町通久屋町西へ入ル南側の傘屋久兵衛借宅であった。つまり、それが現在の久屋大通り名古屋テレビ塔下にある碑の場所なのである。

芭蕉が傘屋久兵衛の借宅を拠点としたのは、当時は尾張藩の掟で他国者の宿泊を許さなかったためで、芭蕉は借家人として名古屋に滞在したのであった。

歌仙「狂句木枯」の興行は、実はこの傘屋久兵衛借宅ではなく、名古屋大和町の岡田野水《やすい》邸であったという説があり、わたしはそちらの方を取りたいのだが、貞享元年十月、芭蕉がこの地にいて木枯を受けていたことは確かである。

岡田野水は、このとき二十七歳、呉服商備前屋の若主人で、和歌を京都の梅月堂宣阿《せんあ》に、俳諧を美濃大垣の谷木因《たにぼくいん》、近江相原の江水《えすい》などに見てもらっていたという。尾張清洲の旧家に生まれたなかなかの教養人であった。

連歌には「客発句、主人脇」のルールがある。芭蕉の「木枯」の発句につづく脇（第二句目）をつけた野水は、宗匠を招いたこの家の主人にちがいないのである。その証拠に、年長である荷兮が、第三で野水にあいさつを送っている。「有明の主水《もんど》に酒屋造らせて」と。

芭蕉が招かれた野水邸は、かつて名古屋城を建てた尾張藩の御大工頭中井大和守《やまとのかみ》正清の邸宅であった。その子孫は京の御大工頭中井主水である。荷兮は、主水の名を挙げて、野水の富豪ぶりをたたえたのであった。

*

芭蕉が歌仙『冬の日』を興行した貞享元(一六八四)年は、慶長十五(一六一〇)年閏《うるう》二月、御大工頭中井大和守による名古屋城築城着工から七十四年、清洲の商人たちのいわゆる「清洲越し」と呼ばれる名古屋城下への移転がほぼ完了した元和九(一六二三)年からも六十年が経《た》っていた。野水は、その「清洲越し」の豪商の子孫であった。

東西五十二丁(五・八キロ)、南北五十五丁(六・一キロ)に広がる逆三角形状(熱田湊《みなと》を頂点とする)の台地に誕生した近世都市名古屋は、北西端に城郭を持ち、城と熱田宮宿《みやのしゆく》、熱田湊を人工の川、堀川で結んでいた。

城内の構成は、三の丸と深井丸《ふけのいまる》を含む内郭の南に一千石前後から一万石を超える重臣の屋敷が並び、城の東には武士小路と呼ばれる中級家臣団の住む武家屋敷がつづいた。現在の東区白壁、撞木町《しゆもくちよう》などがそれである。また、下級家臣団は城の西側に集住していた。

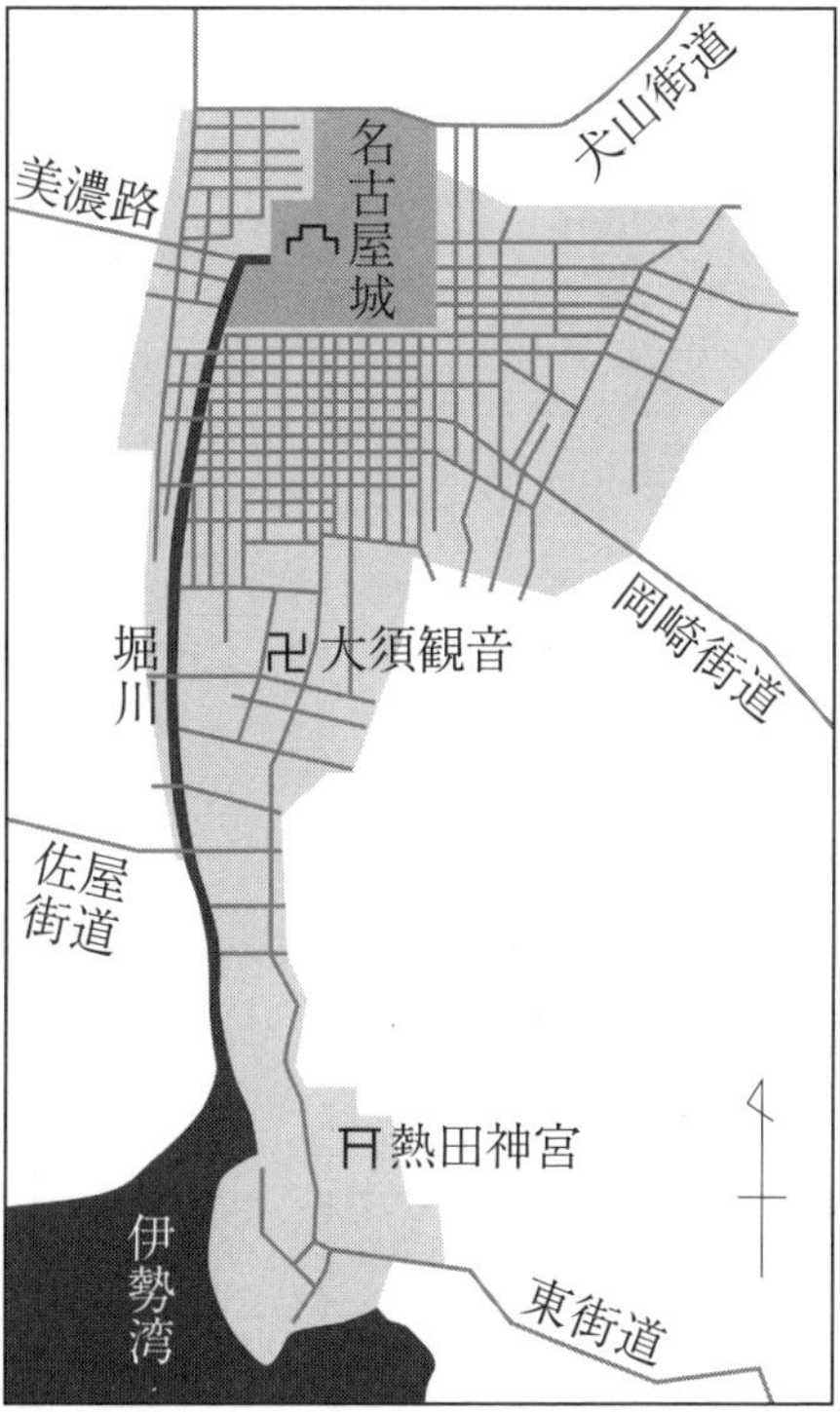

名古屋城下図

名古屋城には、南側中央に本町門、堀川寄りに御園門があり、この二つの門が碁盤割りと呼ばれる城下の商人町とつながっていた。

　城下は呼び名通りの整然とした碁盤状で、城への敵の直進をはばむため道をわざわざ鍵状に曲がらせたり、袋小路を作る他の城下町の道割とは違っていた。京の町筋を真似た形で、構想者家康の平和で文化的な都市づくりのイメージが伝わってくるのである。

　町地は、町奉行支配で、町中、寺社門前、町続《つづき》から成っているが、「清洲越し」と呼ばれる旧家の商人たちが住んだ町中は、本町（現・中区丸の内）、伝馬町（現・中区錦）をはじめ江戸時代後

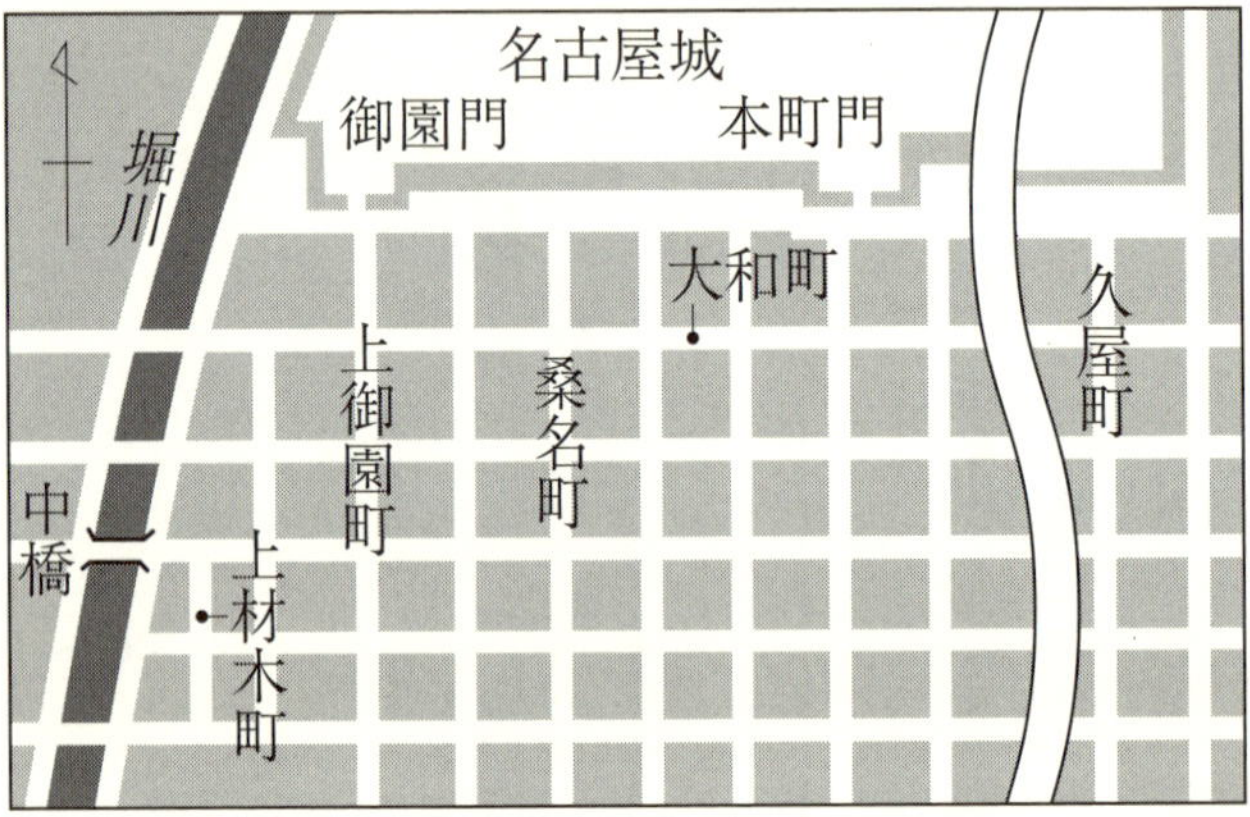

17世紀末頃の名古屋城南側の町筋

期には九十七カ町を数えた。

町の中心は、堀川以東、久屋町筋の西側、京町筋より南側で、広小路以北であった。これら碁盤割りの町並みは上《うわ》町と呼ばれ、他の下《しも》町とは区別されていて、いわば選ばれた人々の区域であった。

野水が住んだ大和町は本町門に近く、本町門から堀川側、つまり西に二本入った所だった。大和町の町名は大工頭中井大和守の邸宅があったところから付けられた町名であろう。野水の父か祖父が、京へと移って行った中井大和守の邸宅を買い受けたと思われる。

呉服商備前屋の若主人野水の本名は、岡田佐次右衛門。後年、惣町代《そうちょうだい》をつとめることになる野水は、『冬の日』興行を境に、芭蕉の門人となったのである。

*

『冬の日』五歌仙のうち、大和町の野水邸で興行されたのは、芭蕉の「狂句こがらし」ではじまる一巻だけではなかったろうか。

「はつ雪のことしも袴《はかま》きてかへる」という野水の発句ではじまる第二巻は、杜國が脇をつけていて、「客発句、亭主脇」の慣例から想像されるのは、この歌仙が杜國邸で興行されたということだ。

で、三巻以後の発句と脇句とを書き写すと次のようになる。

（発句）つつみかねて月とり落す霽《しぐれ》かな　杜國
（脇）　こはりふみ行《ゆく》水のいなづま　重五

（発句）炭責のをのがつまこそ黒からめ　重五
（脇）　ひとの粧《けは》ひを鏡磨《とぎ》寒《さむ》　荷兮

（発句）霜月や鶴《かく》の彳《つく》々《つく》ならびゐて　荷兮
（脇）冬の朝日のあはれなりけり　芭蕉

と、こう見て来ると、一巻目を興行した主人は、二巻目では客人となり、二巻目の主人は三巻目では客人となるといった具合で、興行場所は一巻ごとの廻《まわ》り持ちであったようだ。つまり、野水邸から杜國邸へ移り、ついで重五邸、荷兮邸を経て芭蕉の借宅で『冬の日』五歌仙の興行は終っている。

この五歌仙興行の企画者は荷兮であったから、興行場所を廻り持ちにするというアイデアも荷兮の考えだったろうが、芭蕉はその風狂を楽しんだにちがいない。

これら興行場所を提供した名古屋の連衆たちは、町医者であった山本荷兮を除き、全て城下町名古屋を代表する富裕な若き商人たちであった。野水についてはすでに述べたが、杜國は坪井庄兵衛、壺屋《つぼや》という屋号を持つ二十代後半の米穀商であったし、重五は、川方屋の屋号を持ち、本名を善右衛門という三十二歳の材木商であった。

荷兮は、本名山本武右衛門周知、野水の往む大和町に近い桑名町に居を構えており、杜國はそれより西寄りの御園町に住んでいた。材木商を営む重五は、堀川東岸の上材木町に住んでいたが、それは中橋の傍であったから、堀川沿に材木置き場もあったのであろう。彼らは、いずれも城近くに居住することを許されたいわば特権的な商人たちであった。

芭蕉は、これら名古屋の豪商たちの邸宅で四つの歌仙を巻き、自身の逗留する久屋町の傘屋久兵衛借宅で最後の歌仙興行をしたのである。

輿に乗った連衆たちは表合《おもてあわせ》六句を「追加」。『冬の日』五歌仙は、荷兮の編で京都寺町七條上ル町、井筒屋庄兵衛板として上梓された。

*

芭蕉が名古屋の若き連衆たちと巻いた『冬の日』五歌仙は、俳諧史上の一事件だったが、荷兮たちに当時その自負があったかどうかは分からない。

芭蕉はこの記念碑的五歌仙興行の後も、しばらく久屋町の借宅にとどまっていた。すでに陰暦の十一月から十二月に入っていて、厳寒の季節である。名古屋城下に時折雪が降った。

市人《いちびと》よ此《この》笠《かさ》うらふ雪の傘

と芭蕉が詠んだのは、杜國に案内されて抱月邸を訪れた雪見の折である。

城下で市《いち》と言えば広小路であったろう。万治三（一六六〇）年一月の大火後、町屋の類焼を避けるため碁盤割りの南端堀切筋を防火帯として、三間幅（約五・四メートル）だった道幅を十五間幅（約二十七メートル）に拡げたのが広小路である。その広さから、広小路には、夜店、出茶屋、芝居、見せ物の仮小屋が建ち、行商人たちで賑《にぎ》わっていた。広小路から南の門前町、橘町、大須周辺の盛り場が、名古屋の戯作者、狂歌人など文人の生活空間であった。

同じころ、芭蕉は御園町の杜國邸でも雪の句を残している。

雪と雪今《こ》宵《よい》師走の名月か

『冬の日』連衆の中で、十代半ばから俳諧に親しんでいた早熟の杜國を、芭蕉はとりわけ気に入ったようであった。

十二月十九日、芭蕉は熱田の桐葉邸に戻った。そこで、師走の海を見ようと、桐葉、東藤、工山と船を出し、船上で次の二句ではじまる歌仙一巻の興行をしている。

海くれて鴨《かも》のこゑほのかに白し　芭蕉
串《くし》に鯨をあぶる盃《さかずき》　桐葉

ところで、芭蕉は、名古屋から熱田宮宿へと向かうとき、どのルートを取ったのであろう。名古屋から熱田へは古渡《ふるわたり》村をはさんで五百三十五間（約十キロ）の距離で、本町通りを真っすぐに南下すればよいのだが、厳寒の師走、徒歩でゆくのは辛かったろう。堀川中橋には、知多大野へ行くための乗合定期船の乗船場があり、この船は熱田湊《みなと》を経由したから、芭蕉はこれを利用して水路を行ったのではないだろうか。

芭蕉は、熱田での船上四吟歌仙の興行を最後に、水路で桑名へ行き、その後伊勢路《いせじ》を経て郷里伊賀上野へと帰った。十二月二十五日のことで、故郷で新年を迎えるためである。

彼は『野ざらし紀行』に書いている。「山家《やまが》に年を越《こし》て」と。

*

貞享二（一六八五）年の正月を郷里伊賀上野で過ごした芭蕉は、二月に入ると奈良へ向かって旅立った。薪能《たきぎのう》を見るためだったが、十二日には東大寺二月堂の「お水取り」を拝観している。「お水取り」は国家安穏を祈禱《きとう》する行法の一つで、雅楽を奏で、法螺《ほら》貝を吹き鳴らし、杉の枯れ葉の篝火《かがりび》をたく中を、籠《こも》りの僧が大松明を振り振り二月堂の廻廊を馳け上って行くのだ。篝火の光に照らし出された僧たちが、深夜の廻廊で木靴の音を高らかに響かせるのである。

水とりや氷の僧の沓《くつ》の音

このとき芭蕉が残した右の句の眼目は、闇の廻廊を疾駆する僧の鬼気迫る姿を「氷の僧」というメタファーを使って詠んだところであろう。

次いで京へ上った芭蕉は、二月下旬、談林派の俳人でもあった富家の三井秋風《みついしゅうふう》を洛外鳴滝の別荘に訪ね、半月ばかり滞在した。

芭蕉が、伏見西岸寺の住職第三世宝誉《ほうよ》上人に再会したのは、三月に入ってからである。俳号を任口《にんこう》と言い、宗因とも西鶴とも親交のあった宝誉上人は、芭蕉が見舞ったほぼ一年後の貞享三（一六八六）年四月十三日、八十一歳で没している。

次に芭蕉が向かったのは大津であった。『野ざらし紀行』中もっとも愛唱されている「山路来て何やらゆかしすみれ草」が成ったのは、この大津へと向かう山中であった。

大津では、後に近江蕉門の中心人物として活躍することになる千那《せんな》、尚白《しょうはく》らが入門している。千那はこのとき三十四歳、近江国堅田の真宗本福寺十一世住職で、本名を三上明式《みかみめいしき》と言った。尚白は、三十五歳の医者で、大津柴屋町に住み、本名は江左大吉《こうさだいきち》である。

芭蕉が琵琶湖畔の松を詠んでよく知られる「辛崎の松は花より朧《おぼろ》にて」の句がなったのは本福寺大津別院でであった。また、蕉門に入ることになる乞食行脚《こつじきあんぎゃ》の路通《ろつう》と出会うのは、湖南松本でのことであった。路通の出生はよく分からないが、通称与次右衛門、三井寺の小姓であったと伝えられている。

大津を後にした芭蕉は、東海道を東へと下る帰路についた。そして、伊賀上野から来ていた藤堂藩士服部半左衛門保英《はっとりはんざえもんやすひで》と、水口《みなくち》駅で再会する。俳号を土芳《どほう》という。二十一歳で藤堂家を出奔した芭蕉にとって、実に二十年ぶりの再会であった。後に芭蕉の俳論集『三冊子』を書き遺《のこ》すことになる服部土芳は、芭蕉との再会を機に俳諧に生涯を託す決意を固め、翌貞享三年三十歳で藤堂藩を退き、隠遁《いんとん》生活へと入った。内海《うつみ》流鎗術《りゅうそうじゅつ》をもって仕えた土芳の、武門との決別の瞬間であった。

*

近江甲賀郡水口駅での土芳との再会は、偶然の出来事ではなかった。芭蕉が郷里にいたとき、播磨へ出かけていて逢えなかった土芳が、後を追って近江路で待っていたのである。

芭蕉が主家《しゅけ》を出奔する前、俳諧の手ほどきをした服部半左衛門土芳はまだ十歳の少年であった。その少年が二十九歳の藤堂藩士として芭蕉の前に立っていた。折しも桜の盛りである。芭蕉は十九年ぶりの再会の歓《よろこ》びをこう歌っている。

命二ツ中に活《いき》たる桜哉

「命二ツ」という短い表現の力強さの中に、芭蕉の歓喜の躍動が伝わってくる句だ。

二人の再会は、大津から熱田へと向かう道中でのことで、三月二十七日には芭蕉は再び熱田宮宿にいた。

この日、白鳥山法持寺《はくちょうざんほうじじ》で、芭蕉の「何とはなしに何やらゆかし菫草《すみれ》」を発句として、叩端《こうたん》、桐葉《とうよう》による三吟歌仙が興行されたのである。

それから十日余りの間、芭蕉は、熱田宿と鳴海《なるみ》宿とを往復しながら、実に精力的に連歌興行をしている。

三月下旬、芭蕉、桐葉、叩端、閑水《かんすい》、東藤《とうとう》、工山《こうざん》、桂損《けいしゅう》による七吟歌仙興行。

四月四日、鳴海の下里知足《ちそく》邸で、芭蕉、知足、桐葉、叩端、業言《ぼくげん》、自笑《じしょう》、如風《じょふう》、安信《あんじん》、重辰《じゅうしん》による九吟二十四句興行。

四月五日、再び熱田へ戻り、芭蕉、桐葉、如風、叩端、閑水、工山、東藤、桂損による八吟歌仙興行。

四月上旬、芭蕉、桐葉、叩端、工山、閑水、東藤、桂損による七吟十二句興行。

同、芭蕉、桐葉、叩端による三吟留送別歌仙興行。

四月九日、鳴海の如意寺如風邸で、芭蕉、如風、業言、安信、九右衛門らによる歌仙興行。

熱田の拠点は、林桐葉の旅籠《はたご》、鳴海の拠点は酒醸業を営む富豪下里知足邸であった。知足は桐葉の縁者であったから、桐葉の紹介によるものであったろう。西鶴とも親交のあった知足を核として集まった鳴海の主だった連衆たちは、鳴海本陣の業言、刀鍛冶の自笑、如意寺住職如風、荷物問屋の重辰といったメンバーで、いずれも鳴海宿を代表する人々であった。

四月十日、芭蕉は知足邸を出立、帰路につくのだが、名古屋の杜國、熱田の桐葉にあて、真情あふれる餞別の句を贈っている。

白げしにはねもぐ蝶の形見かな
牡《ぼ》丹《たん》蕊《しべ》ふかく分け出づる蜂の名残かな

花の季節、相手を花に、自身を虫に喩えて芭蕉は江戸へ向け旅立ったのであった。

二、『笈の小文』の旅

貞享二（一六八五）年四月末、『野ざらし紀行』九カ月間の旅から江戸深川に帰還した芭蕉は、二年半後の貞享四（一六八七）年十一月四日、再び尾張鳴海にいた。

貞享四年は、悪法で知られる綱吉の「生類憐みの令」発布で明けた年である。

十月二十五日、深川出立のとき、芭蕉は友人門人から詩九篇、和歌三首、発句三十五を贈られ、加えて草鞋料《わらじ》、紙布《かみこ》、綿子《わたこ》、帽子などの餞別《せんべつ》を受けている。『冬の日』刊行から三年、四十四歳の芭蕉の名声は高まっていた。

今度もまた帰郷のための旅であったが、いわゆる『笈《おい》の小文《こぶみ》』の旅である。

「百骸九竅《ひやくがいきゆうきよう》の中に物有《あり》。かりに名付《なづけ》て風羅坊《ふうらぼう》といふ」と書き出される紀行『笈の小文』は、わたしのもっとも好きな芭蕉の文章の一つだ。「物」とは「心」のことだが、「私」と置き換えた方がはっきりする。「百の骨と九つの穴、その中に私はある」と。

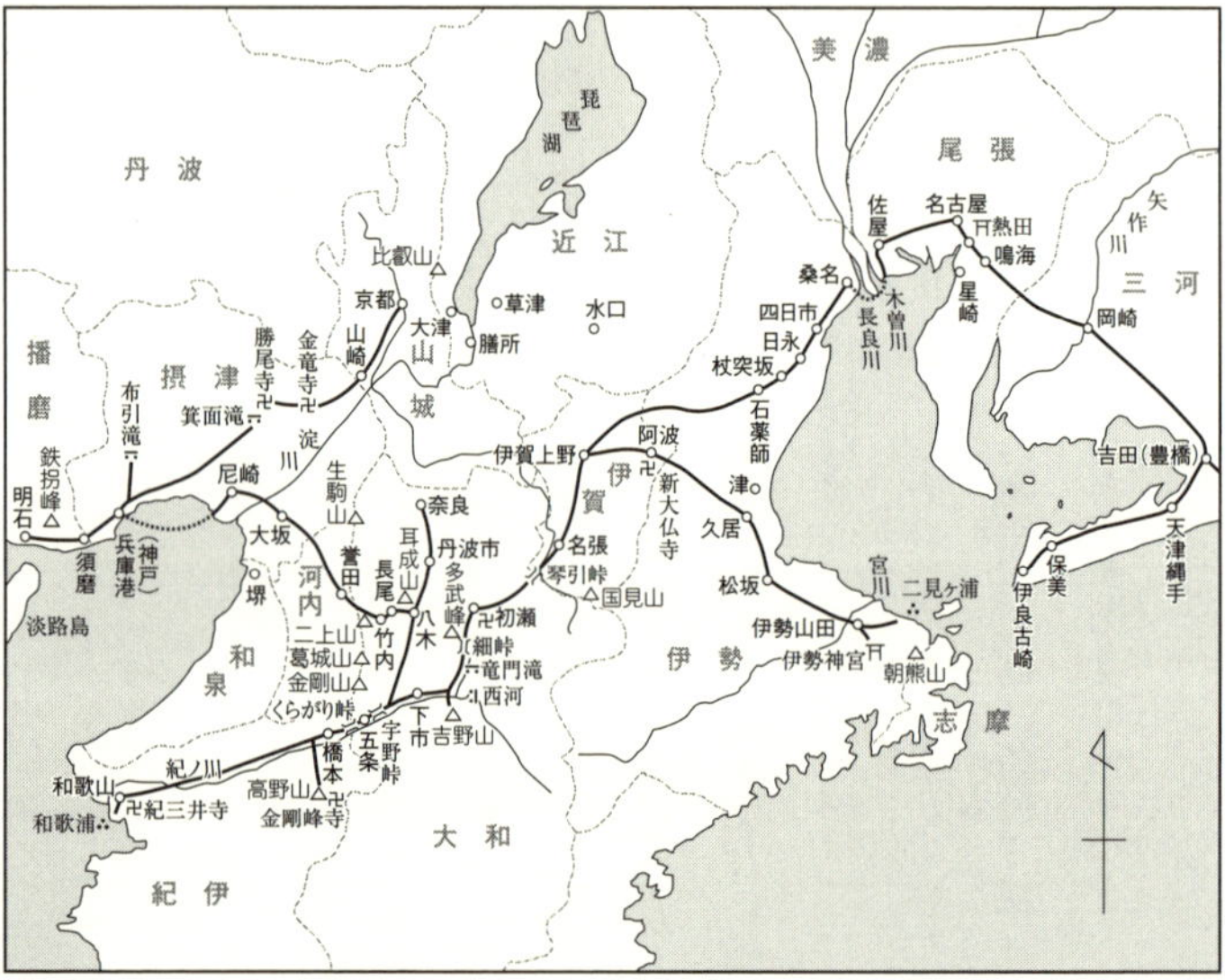

貞享４（1687）年、10月25日　江戸を出立し、11月４日鳴海に着いてからの、「笈の小文」の旅における芭蕉の足取り。

鳴海に到着した芭蕉が逗留したのは、『野ざらし紀行』の旅の折と同じ下里知足邸であった。鳴海の連衆は、芭蕉の来訪を待ちかねていたであろう。翌日からの三日間、芭蕉は連日歌仙興行につき合っている。連衆は知足に加えて、すでに顔見知りの業言、如風、自笑、安信、重辰の六人である。興行場所は、五日、鳴海本陣寺島業言邸、六日、如意寺如風邸、七日、寺島安信邸で、それぞれ同じメンバーによる七吟歌仙であった。

『笈の小文』に出てくる「星崎の星を見よとや啼《な》く千鳥」は、寺島安信邸での芭蕉による発句だ。

三日続いた歌仙興行が中断したのは、熱田の桐葉が芭蕉を迎えに来たからであった。桐葉が迎えに来た理由は、いったん熱田に赴いた芭蕉が翌晩、越人《えつじん》同道で再び鳴海の知足邸へ戻っていることを考えると、越人の依頼によったのではないかと思われる。

越人はこのとき三十一歳、名の示す通りもともとは北越の人だが、延宝元（一六七三）年に故郷を出て、岡田野水の世話で名古屋で紺屋を開業、その後、野水を含め、荷兮、杜國、重五らとの交遊を軸に、名古屋俳壇で活躍していた。

貞享元（一六八四）年十一月の『冬の日』興行には参加していないが、翌年春、郷里からの帰路、芭蕉が熱田の桐葉邸に滞在した折入門したのではなかったろうか。

越人が芭蕉に伝えたのは、芭蕉の問い合わせに応えた杜國の消息であった。

貞享二年八月十九日、空米《からまい》事件（米の架空取引）に連座した門人杜國は、家屋敷を没収され、名古屋城下を追放されていたのであった。

＊

貞享二（一六八五）年八月、空米事件に連座したとき、御園町の町代も務めた米穀商壺屋《つぼや》の若主人杜國の心境はどんなであったろうか。まだ三十歳にも満たず、おそらくは立場上、責任を取らされ、御領分追放の処分を受けた杜國にとって、城下遠く離れた辺境の地での蟄居生活は侘しかったであろう。五年後のあまりにも早い死がそれを物語っている。

尾張藩領を追われ、三河伊良湖崎保美《いらござきほび》に隠れ住んだ翌春、杜國は次の句を残している。

春ながら名古屋にも似ぬ空の色

再び『笈の小文』の旅に戻るが、貞享四（一六八七）年十一月九日夜、熱田から、越人を伴って知足邸へ戻った芭蕉は、翌朝、越人とともに伊良湖崎保美の里へ向けて出立した。鳴海より二十五里の道を馬で行くのである。

家康が東海道に伝馬の制度を施いたのは、名古屋城建設よりも十年ほど早かった。慶長六（一六〇一）年、三河、尾張両国内では、二川《ふたがわ》、吉田（以上豊橋）、御油《ごゆ》（豊川）、赤坂（宝飯）、藤川、岡崎（以上岡崎）、池鯉鮒《ちりゅう》（知立）、鳴海、宮（熱田）の九宿が配置され、それぞれ伝馬三十六疋《ひき》の常備が定められた。それが、寛永十五（一六三八）年からは、一宿につき人足百人、馬百疋に増加されたのである。

十日夜、吉田宿で一泊した芭蕉たちは、翌十一日、天津《あまつ》縄手《なわで》を経由してもう一泊、保美の里で杜國と再会を果たしたのは、十二日のことであった。

鷹一つ見付てうれしいらご崎

伊良湖岬は西行の歌でも知られる鷹の名所で、空高く渡る鷹の姿に杜國を重ね、再会の喜びをこめた芭蕉の句である。

この日、「麦はえてよき隠家や畠村」という芭蕉の発句に、越人、杜國が、脇、第三と唱和し、三人は夜を徹して語り合った。

このとき、幾分かは自嘲をこめて、杜國は野仁《のひと》という別号を使っている。野仁、つまり自分はいま野人であるという洒落《しゃれ》である。

夜が明けると、芭蕉たちは馬を並べて一里ほどの伊良湖岬へ向かった。「三人焼《はを》レ葉《やき》夜を明かし、同じく馬を並べて伊良胡に逍遙《しょうよう》せり」と越人は書いている。芭蕉はそこで、潮風に乗って海を渡る「鷹の声」を聞くのである。

芭蕉と越人が杜國の隠れ家に滞在したのは三日であった。杜國と別れた芭蕉たちは、再び馬で田原街道を吉田宿に向かい、吉田宿からは東海道を鳴海宿へと帰った。鳴海の知足邸へ帰り着いたのは、十六日の夜であった。

＊

十一月十六日、鳴海へ帰り着いた芭蕉と越人を、知足は、「焼飯や伊良胡の雪にくづれけん」と詠んで迎え入れた。この夜から五日間、芭蕉は知足邸に留《とど》まり、鳴海の門人たちと連歌を巻いている。

十八日には、名古屋から『冬の日』の連衆荷兮、野水が訪ねて来た。師との再会の喜びを、野水はこう詠んでいる。

夢 に 見 し 羽 織 は 綿 の 入 に け り

芭蕉が知足邸から熱田の桐葉邸に移ったのは二十一日のことで、芭蕉はそれから二十五日まで熱田に逗留した。

前年の四月八日に着工し、七月九日に修復が完成して間がない熱田神宮に、芭蕉が桐葉に伴われて参詣したのは二十四日のことだ。

『野ざらし紀行』に、「社頭大イニ破れ、築地《ついぢ》はたふれて草村にかくる」と神宮の荒廃ぶりを記した芭蕉は、前年の夏遷宮されたばかりの真新しい社の清新さを「磨ぎ直す鏡も清し雪の花」と詠み、これを発句として桐葉と歌仙一巻を巻いた。

『笈の小文』には、この句につづけて、「蓬左《ほうさ》の人々にむかひとられて」と、芭蕉は書いているが、「蓬左」とは、蓬萊宮つまり熱田神宮の左に位置する名古屋のことだ。芭蕉が名古屋の荷兮邸に移ったのは、熱田神宮参拝の翌二十五日であった。

すでに二十二日の越人からの手紙で名古屋の門人たちが芭蕉の来訪を心待ちにしていると伝えられてはいたが、芭蕉は疲れと寒さから熱田滞在中に風邪を患い、医師起倒子の投薬を受けていた。荷兮邸に移った芭蕉は、この後、熱田との間を往復しながら、十二月中旬まで名古屋城下に留まった。

その間、名古屋の門人ばかりでなく、岐阜本町の富商小間物屋の安川落梧《らくご》や、大垣藩士近藤如《じょ》行《こう》らも師を慕い、寒風と雪に悩ませられながらも参集したのであった。

落梧が来訪した二十六日には、落梧の「凩《こがらし》のさむさかさねよ稲葉山《いなばやま》」を立句に、名古屋の連衆をまじえて七吟歌仙を興行するのだが、完結しないまま三十句で中断している。

杜國を欠いた名古屋の連衆は、越人、荷兮、野水、羽笠《はりゆう》、舟泉《しゆうせん》の五人であった。

大垣の如行が居合わせたのは、十二月一日、芭蕉が熱田の桐葉邸に戻ったときであった。如行の「旅人とわれ見はやさん笠《かさ》の雪」を発句に、芭蕉、桐葉の三吟歌仙を巻こうとしたのだが、このときも、芭蕉の気分がすぐれず、半歌仙で終わっている。風邪が完全には癒えてなかったのであろう。

*

体調が回復した芭蕉は、十二月三日、大垣の如行を同伴して熱田桐葉邸から再び名古屋へと移った。荷兮や野水の招きによったものであろうが、この日芭蕉が立ち寄ったのは、両替町本町一丁目の書林風月堂であった。

この折のことは、『尾張名所図会』や『尾張名陽図会』の記事に出てくるが、真蹟懐紙《しんせきかいし》には次のように書かれている。

書林風月と聞きし、その名もやさしく覚えて、しばし立ち寄りて休らふ程に、雪の降り出でければ

いざ出む雪見にころぶ処まで　はせを

この書きぶりでは「風月堂」という名の優雅さに惹《ひ》かれて偶然立ち寄った風情だが、風月堂主人・長谷川孫助《まごすけ》は、夕道《せきどう》という号を持つ俳人であったから、荷兮たちの紹介によるものであったにちがいない。その証拠に、その夜夕道邸で芭蕉は、如行、荷兮、野水、夕道四人と表六句の興行をしているのである。

この真蹟には「丁卯臘月《ていぼうろうげつ》初、夕道何がしに送る」という付記があり、この句入り文は、夕道・風月堂孫助に贈られたのであった。

『笈の小文』では、「いざ行《ゆか》む雪見にころぶ所まで」となっていて、芭蕉は後に初めの形をこう改めたのである。夕道は、この真蹟を掛け軸として毎年一回公開したと伝えられている。

後年、横井也有《やゆう》や加藤暁台《きょうたい》といった名古屋の俳人たちの著作を刊行、販売することになる風月堂にとって、芭蕉の真蹟は、一つの精神的な支柱となったにちがいなかった。

『尾張名陽図会』を著した尾張藩士高力猿猴庵種信《こうりきえんこうあんたねのぶ》によれば、風月堂長谷川孫助は、美濃太田（現岐阜県美濃加茂市）の出身で、京都の大書肆《しょし》風月荘左衛門に長く奉公して出版業を覚え、尾張に版元がないことから本屋創業を決意したという。江戸時代の本屋とは、現在の小売書店を兼ねた出版社のことだ。

しかし、風月堂が出版活動を本格的にはじめるのは、明和年間（一七六四年以降）に入ってからで、芭蕉の『笈の小文』の旅から八十年以上も後のことである。当然夕道の代ではなくなっているが、風月堂主人は、代々長谷川孫助を名乗っている。

享和二（一八〇二）年、上方への旅の途中名古屋に滞在した曲亭（滝沢）馬琴は、その著『羇旅《きりょ》漫録《まんろく》』に「名古屋の評判」と題する一項をもうけてこう書いている。

「書肆は風月堂永楽屋。貸本は胡月堂」と。

左：『尾張名所図会』での風月堂、芭蕉が立ち寄る様が描かれている。右：高力猿猴庵種信が『尾張名陽図会』に描いた風月堂。「名古屋書林のはじめなり…」とある。文中には主人・長谷川孫助の俳号「夕道」も見られる。

＊

『尾張名陽図会』の中で高力猿猴庵種信は、風月堂のことを「名古屋書林のはじめなり」と書いている。けれども、これは正確ではない。名古屋の出版で記録上もっとも早いのは、貞享五（一六八八）年、木村五郎兵衛板行の『神家常談《しんけじょうだん》』で、風月孫助による出版は、正徳四（一七一四）年の『朱子静坐説《しゅしせいざせつ》』が最初だから、木村五郎兵衛より二十五年ほども遅れるのである。しかも、これは京都の本屋との合板であって、自主出版ではなかった。

風月堂の出版活動が活発になるのは、前に

も書いたが明和五（一七六八）年以降で、三代目孫助の時代からである。

また、馬琴が名を挙げた永楽屋の創業は、安永年間（一七七二～八一）で、どちらも芭蕉が風月堂を訪れた貞享四年からは八十年も九十年も後のことだ。

永楽屋東四郎は、最初風月孫助に奉公し、許されて別家した本屋で、三都（江戸、大坂、京都）の本屋に比肩し得る名古屋本屋の雄として活躍することになる。永楽屋の代表的な出版物には、本居宣長著『古事記伝』四十四冊、葛飾北斎著『北斎漫画』などの名著がある。

なお、日本一と言われた貸本屋・胡月堂大野屋惣八の創業は明和四（一七六七）年三月であった。

いずれにしても名古屋の本屋が活況を呈するのは、寛政六（一七九四）年の「尾洲本屋仲間」の成立後のことだ。

芭蕉が立ち寄った書林風月堂は、京都風月の出店的な性格が強く、古書の売買が中心であったろう。当時名古屋の本屋は六軒ほどであった。

風月堂の店舗は、城の本町門を出たすぐの本町通り一丁目（現・中区丸の内二丁目）にあり、熱田へと向かうメインストリートに面していた。

ここで再び『笈の小文』に戻るが、雪の日書林風月堂で表六句の興行をした芭蕉は、翌十二月四日、みのや聴雪邸で、聴雪、如行、野水、越人、荷兮といったなじみの連衆たちと六吟歌仙一巻を巻いている。

つづいて、防川《ぼうせん》邸、昌圭《しょうけい》邸と場所を変え、日を変えながら句を吟じていた芭蕉は、十二月九日、一井《いっせい》邸で一井、越人、昌碧《しょうへき》、荷兮、楚竹《そちく》、東睡《とうすい》の六人と半歌仙を興行した。

そうした連歌興行に明け暮れていた芭蕉が、故郷伊賀上野へ向けて名古屋を出立したのは、十日を過ぎた頃であった。

『笈の小文』に、芭蕉は「師走十日余《あまり》、名ごやを出《いで》て、旧里《ふるさと》に入らんとす」と記している。

*

貞享五（一六八八）年正月、芭蕉は、四十五歳の新春を、郷里伊賀上野で迎えた。

大晦日に旧友が来訪、深夜まで酒になり、元日は寝すごしてしまったと、芭蕉は『笈の小文』に書いている。そんな理由で、歳旦吟《さいたんぎん》は、「二日にもぬかりはせじな花の春」となった。

一月九日は、小川風麦邸に招かれ句吟。旧友の来訪といい、江戸で著名な俳諧人となった芭蕉を、郷里の人々も放ってはおかなかったのである。

二月四日、芭蕉は五度目になる伊勢神宮参拝をするのだが、この地で伊良湖《いらこ》蟄居《ちつきょ》中の尾張の門人杜國と落ち合っている。前年十一月、越人と伊良湖を訪れたとき、約束ができていたのであろう。二月十日、十一日と逗留した嵐朝《らんちょう》邸には杜國も同宿した。

二人が、伊勢山田の中津益光《ますみつ》邸で歌仙興行に加わったのは、翌十二日ではなかったろうか。連衆は、芭蕉、益光、又玄《ゆうげん》、平庵、勝廷らに、野仁と号を変えた杜國の八人であった。このときの発句が、『笈の小文』にも出てくる「何の木の花とはしらず匂哉《におい かな》」である。

つづいて、芭蕉は、久保倉右近路草《ろそう》邸に招かれ、六吟歌仙の興行をした。芭蕉、路草、一有、杜國、応宇《おうう》、葛森《かつもり》の六吟であった。

おそらく、この興行の翌日のことであろう。この折の連衆で医師斯波《しば》一有（謂川《いせん》）の妻園女《そのめ》に芭蕉は招かれている。主客で発句、脇の二連を吟じ、園女は、このときから芭蕉門下に入ったのだった。

園女は、伊勢山田の神官秦氏に生まれ、医師で談林系の俳人でもあった斯波一有に嫁した。元禄二（一六八九）年荷兮《かけい》撰《せん》の『阿羅野《あらの》』に「春の野に心ある人の素兒哉《すがお》」一句が、恋の部冒頭に入集されている。

元禄五（一六九二）年、夫とともに大坂に移住、雑俳点者として活躍し、蕉門を代表する女流俳人となった。

伊勢山田での入門後七年、元禄七（一六九四）年九月二十七日、園女は、当時旅の途中にあった芭蕉を自邸に招いて歌仙の興行をした。それが、芭蕉の「白菊の目に立ててみる塵《ちり》もなし」を立句とする九吟歌仙である。連衆は、芭蕉、園女、謂川（一有）、支考《しこう》、惟然《いぜん》（素牛）、洒堂《しやどう》らの九名であった。

けれども、二日後の二十九日夜から芭蕉はひどい下痢に悩まされて臥床《がしよう》。容態は日を追って悪化し、半月後の十月十二日申《さる》の刻、帰らぬ人となるのだが、芭蕉の終焉記は、また後述したい。

＊

貞享五（一六八八）年二月中旬、芭蕉は、江戸の門人杉風《さんぷう》に宛手紙を書いた。伊勢山田の医師斯波一有の妻園女に招かれて句吟をした同じころである。

その文面の中で、芭蕉は、二月十八日親の年忌のため伊賀へ帰ること、暖かくなったら吉野へ花見に行く予定であること、江戸への帰還は四月末か五月の初めになるだろうことなどを伝えた。

その文面通り、芭蕉は二月十七日には伊勢山田を去り、翌十八日、亡父三十三回忌の法要を郷里伊賀上野で営んでいる。

翌十九日、芭蕉を追うようにして杜國が、江戸の宗波《そうは》とともに訪ねてきた。宗波は一泊だけで帰ったが、杜國はそのまま芭蕉とともに留まり、二月末からはともに岡本苔蘇《たいそ》の瓢竹庵《ひょうちくあん》に約二十日間逗留している。

この間、三月十一日には、藤堂藩を退き、隠居していた服部土芳の新しい庵に泊まった。土芳は当時はまだ芦馬《ろば》と号していた。

芭蕉は、庵の壁画に「蓑《みの》虫の音を聞きにこよ草の庵《いお》」という画賛を記し、以後土芳はこの庵を「蓑虫庵《さちゆうあん》」と呼んだ。芦馬の号を土芳と改めたのは同じ年の末のことである。また、土芳訪問の数日後には、伊賀阿波《あわ》の庄《しょう》護峰山新大仏寺に、酒造業の宗七、宗無《そうむ》ら旧友と遊んでいる。

旧主家藤堂探丸子《たんがんし》別邸の花見の宴に招かれたのはその直後であったろう。芭蕉はこの折次の句を詠んだ。

さまゞのことおもひ出す桜かな

薄桃色に透ける桜の向こうに、芭蕉は、藤堂家に仕えた若き日々や、先主蝉吟《せんぎん》のことを思い浮かべていたにちがいない。

芭蕉が杉風宛の手紙で予告した吉野行脚に出立したのは、三月十九日のことであった。苔蘇の瓢竹庵を出立するとき、万菊丸《まんぎくまる》という童《わらべ》の名に改めて同行する杜國のために、芭蕉は、笠の裏に次のように戯書した。「菊」は衆道の暗喩であった。

「乾坤無住同行二人《けんこんむじゅうどうぎょうににん》　よし野にて櫻見せふぞ檜《ひ》の木笠」と。

万菊丸という童子に変化《へんげ》して芭蕉につき従う杜國もこれに和して詠んでいる。

よし野にて我も見せふぞ檜の木笠

この呼応から伝わってくるのは、師弟の旅への浮き立つような気持ちと二人の兄弟のような親愛の情だ。

貞享元（一六八四）年十月の『冬の日』興行以来四年、尾張の連衆中芭蕉が最も愛した杜國は、このとき三十歳の少年として四十五歳の師との一月半に及ぶ旅に同行するのである。

＊

貞享五（一六八八）年三月十九日、伊賀上野の瓢竹庵を出立した芭蕉、万菊丸（杜國）の同行二人は、吉野の桜を目指して南下した。

師弟がまず立ち寄ったのは、兼好塚《けんこうづか》であった。その後、琴引峠《ことひきとうげ》を越えて大和へ入り、長谷寺に参詣した二人は、三輪山、多武峰《とうのみね》、細峠を越え、竜門村へと入っている。

細峠は臍峠《ほぞ》とも書き、高所の嶮《けわ》しい峠道である。この地で芭蕉は次の句を詠んでいる。

雲雀《ひばり》より空にやすらふ峠哉

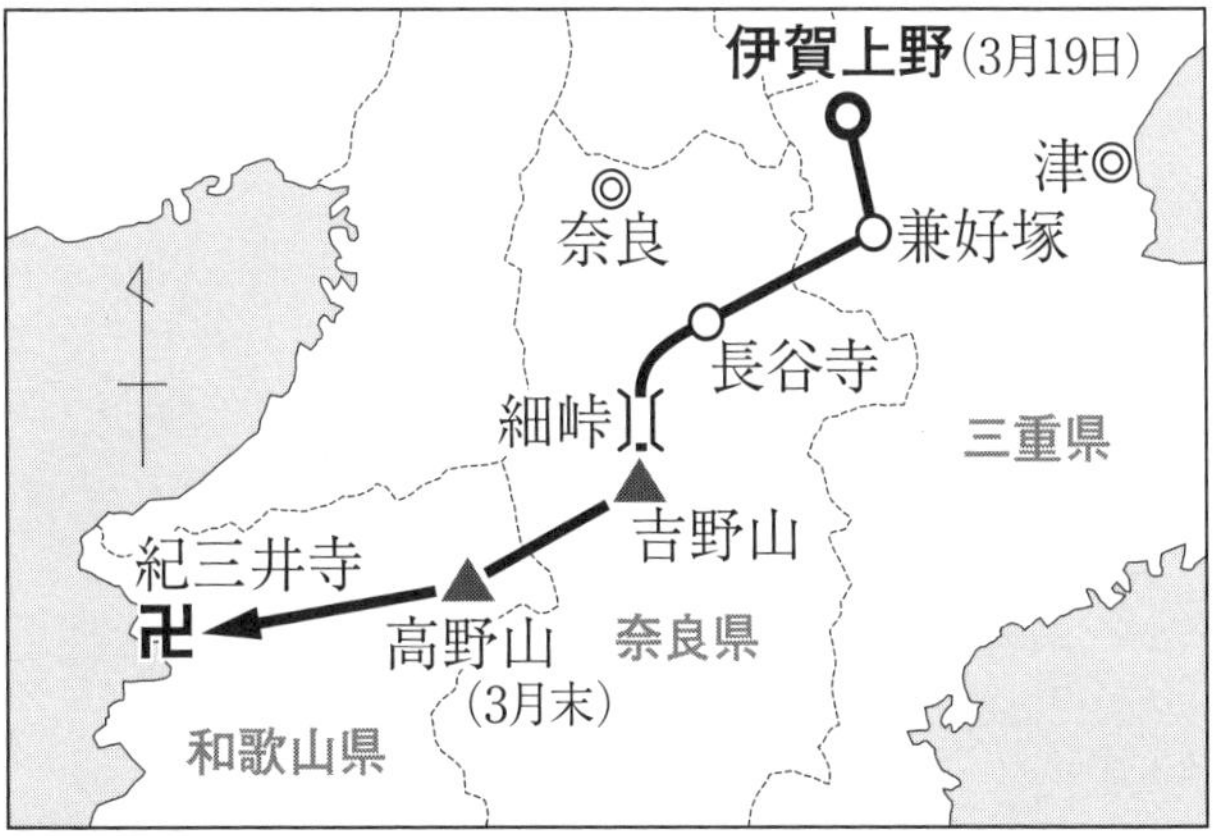

万菊丸（杜國）と芭蕉の足取り。

竜門村で垂直に落下する竜門滝を見、目的の吉野へと辿り着いたのは三月も下旬であった。

吉野で三泊したのは、西河の大滝、別名を白糸の滝と呼ばれる蜻蛉《せいれい》の滝、布留の滝、布引の滝、箕面《みのお》の滝などをめぐるためや、西行庵近くの苔清水《こけしみず》を見るためでもあったが、何よりも吉野の桜を満喫したいがためであった。

芭蕉は『笈の小文』に書いている。「よしのゝ花に三日とゞまりて、曙《あけぼの》、黄昏《たそがれ》のけしきにむかひ、有明《ありあけ》の月の衣になるさまなど、心にせまり胸にみち」と。

吉野の桜に別れを告げた二人が、次に向かったのは高野山、真言宗の総本山金剛峯寺《こんごうぶじ》である。そして、高野山を降り、和歌の浦へと出たのは、三月末のことだった。そろそろ桜の季節も終わろうとしていた。

行春《ゆく》にわかの浦にて追付《おひつき》たり

こう詠んで、芭蕉は、歌枕の地和歌の浦の地霊に挨拶をおくった。

ついで紀三井寺に詣でた二人は、四月七日には奈良にいて、伊賀から訪ねてきた猿雖《えんすい》（惣七《そうしち》）、卓袋《たくたい》、梅軒、利雪らと会っている。

四月二十五日、すでに京都へ入って三日目であった師弟は、惣七に宛て万菊、桃青の連名で、奈良以降の旅程を克明に伝える手紙を出している。次に引くのは万菊丸による付記だ。

三月十九日伊賀上野を出て三十四日。道のほど百三十里。此内《このうち》船十三里。賀籠《かご》四十里、歩《か》行路《ちぢ》七十七里、雨にあふ事十四日。

つづいて彼は旅を振り返り、子供のように指折り数えてこう記すのだ。「滝の数七ツ、古塚十

三、峠六ツ、坂七ツ、山峯六ツ」と。
記録は、それら滝、古塚、峠、坂、山峯の全ての固有名詞を挙げている。

万菊丸こと杜國は、桜から新樹の季節へと移ってゆく、吉野、紀州、奈良、京都、須磨、明石をめぐる一月半ほどの師とともにある旅を、真に少年の心で楽しんだのであった。

＊

貞享五（一六八八）年四月十九日、大坂をたち尼崎より海路兵庫（神戸）へと到着した芭蕉師弟は、翌二十日には兵庫より須磨、明石と平家滅亡の舞台を巡り須磨で一泊した。『卯辰紀行《うたつきこう》』とも呼ばれる『笈の小文』の旅は、ここで終わるのである。

『笈の小文』に掲げられた芭蕉の最後の発句は、「明石夜泊」の前書きを持つ「蛸壺《たこつぼ》やはかなき夢を夏の月」だ。

ところで、万菊丸こと杜國は、須磨で芭蕉と別れたわけではなかった。

四月二十一日、布引の滝に登った二人は、山崎街道を京へ向かい、四月二十三日には京に入った。そして、五月上旬まで京に滞留するのである。

その間、五月四日には、師弟そろって吉岡求馬《もとめ》の歌舞伎を見ている。それからあまり日を置かないで杜國は芭蕉と別れたのではないだろうか。師と別れた杜國は、伊賀上野に立ち寄った後、三河伊良湖崎へと一人帰って行った。

一方芭蕉は、五月十日前後には京を離れ、近江の門人の待つ大津へと入ったのではなかったろうか。

六月五日、芭蕉は、奇香邸で千那《せんな》、尚白《しょうはく》ら湖南の連衆と十吟歌仙一巻の興行をしている。つまり、この間一月ほど芭蕉は湖南大津に滞在していたのであろう。

芭蕉が「めに残るよしのをせたの螢哉《ほたるかな》」と瀬田の螢を見たのもこの頃のことだ。眼前で飛び交う蛍の黄緑色の淡い光に、芭蕉は、杜國とともに見上げた吉野の桜を幻視しているのである。

岐阜の富豪・安川落梧の意を受けて迎えに来た己百《きひやく》に伴われて、芭蕉が大津をたったのは、六月六日のことであった。

芭蕉はその日は近江国愛知川に泊まり、翌七日には美濃赤坂に一泊した。岐阜へと入ったのは六月八日で、それからしばらくは妙照寺己百邸に滞留することとなった。己百は、妙照寺の若住職日賢《にっけん》の号である。

前年十一月の落梧との約束は初夏であったが、夏まっ盛りの岐阜で芭蕉は、涼を楽しんだ。この間、岐阜滞在中に名古屋の荷兮、越人が訪ねて来、六月十九日には、落梧、己百、惟然ら美濃の門人に荷兮、越人を加えて十五人の連衆による五十韻『つばさ』（連歌の古形で百韻の半分）を興行している。

惟然は、姓を広瀬といい、美濃関の人で、当時は素牛《そぎゅう》と号し、後に美濃派をおこす各務支考《かがみしこう》が「千金の家」と呼ぶほどの富裕な酒造業者であった。このとき四十代の初めであった惟然は、芭蕉が岐阜滞在中であることを知り、入門を果たすため来訪したのであった。

三、『更科紀行』と愛弟子・杜國の死

各務支考篇『笈日記』に収録されている芭蕉の俳文「十八楼ノ記」には文末に「貞享五仲《ちゅう》夏《か》」と記されている。

「十八楼ノ記」は、貞享五（一六八八）年六月、芭蕉が岐阜滞在中に著したもので、加嶋鷗歩《かしまおうほ》方の水楼に登った折の印象記だ。

この水楼は、長良川に臨んで建ち、水楼の裏は、そのまま稲葉山（金華山）につづいていた。水楼近くに渡し舟の舟着場があったというから現在の長良橋より上流沿いに建っていたにちがいない。

暮《くれ》がたき夏の日もわするゝ斗《ばかり》、入日《いりひ》の影も月にかハりて、波にむすぼりしかゞり火の影もやゝちかく、高欄のもとに鵜飼《うかひ》するなど、誠にめざましき見もの也けらし。

と、芭蕉は水楼からの川の暮色や、落日後の鵜飼の光景を描いている。

窓からは川風が入って来、眼下には鵜飼のかがり火が暗い川面を照らしていたであろう。ここで芭蕉は、「此《この》あたり目に見ゆるものは皆涼し」と発句を詠んでいる。

水楼からの眺めに感動した芭蕉は、「かの瀟湘《せいしやう》の八《やつ》のながめ、西湖の十のさかひ」を連想し、「若此《もしこの》楼に名をいはむとならば、十八楼ともいはまほしや」と書いた。

この水楼に上った前後、芭蕉は、本町の落梧や己百の勧めで鵜飼見物もしている。よく知られる「おもしろうてやがて悲しき鵜舟《うぶね》かな」は、この折のものだ。

かがり火が照らす鵜の敏捷な動きと、かがり火の消えた後の川の闇とを、芭蕉はこう詠んだのである。

ところで、『笈日記』の編者で、後に美濃蕉門を代表することになる各務支考は、この貞享五年夏六月にはまだ入門を果たしてはいなかった。というのは、このとき、支考は郷里にはいなかったからだ。

支考は、美濃国山県郡北野村に生まれ、九歳のとき北野の禅刹《ぜんさつ》雲黄山大智寺の小僧となった。この寺でほぼ十年ほどを過ごし、下山還俗《げざんげんぞく》して次姉の婚家各務氏に籍を移したのは十九歳ごろと言われている。

その後、郷里を出て、伊勢山田、あるいは京で暮らしたというが、よく判ってはいない。ただ、この間に神道、儒学、漢詩などを学んだことだけは確かである。

芭蕉との邂逅は、元禄三（一六九〇）年三月、近江でであった。二十六歳の支考が対面したのは、すでに『おくのほそ道』の旅も終え、「軽み」へと俳境を移そうとしていた四十七歳の芭蕉であった。対面するとすぐに支考は入門、急速に芭蕉へ傾斜してゆくのである。

*

芭蕉の岐阜滞在は、六月末か七月の初めごろまではなかったろうか。というのは、芭蕉は、七月三日には尾張広井村八間屋敷（現・名古屋市西区）の円頓寺《えんとんじ》を訪ね、「ありとある 譬《たとへ》 にも似ず三日の月」の句を残しているからだ。

こうして、ほぼ一月の岐阜滞在から、芭蕉は尾張へと移った。そして、鳴海・知足邸、熱田・桐葉邸、名古屋・荷兮邸、野水邸と、なじみの門人宅を拠点としながら、一月余りを尾張で過ごしている。

八月、再び越人を伴って岐阜へと戻ったのは、以前から計画していた信州更科姨捨山《さらしなおばすて》の月見のためであった。

芭蕉が残した「更科姨捨月之弁」には、「ことし姨捨《をばすて》の月ミむことしきりなりければ、八月十一日ミの丶国をたち」とあり、八月十一日、越人を同道して、芭蕉は木曾街道を長野へ向けて北上した。

途中まで見送りに来た荷兮は、自身の奴僕《ぬぼく》を師のお供にとつき従わせている。

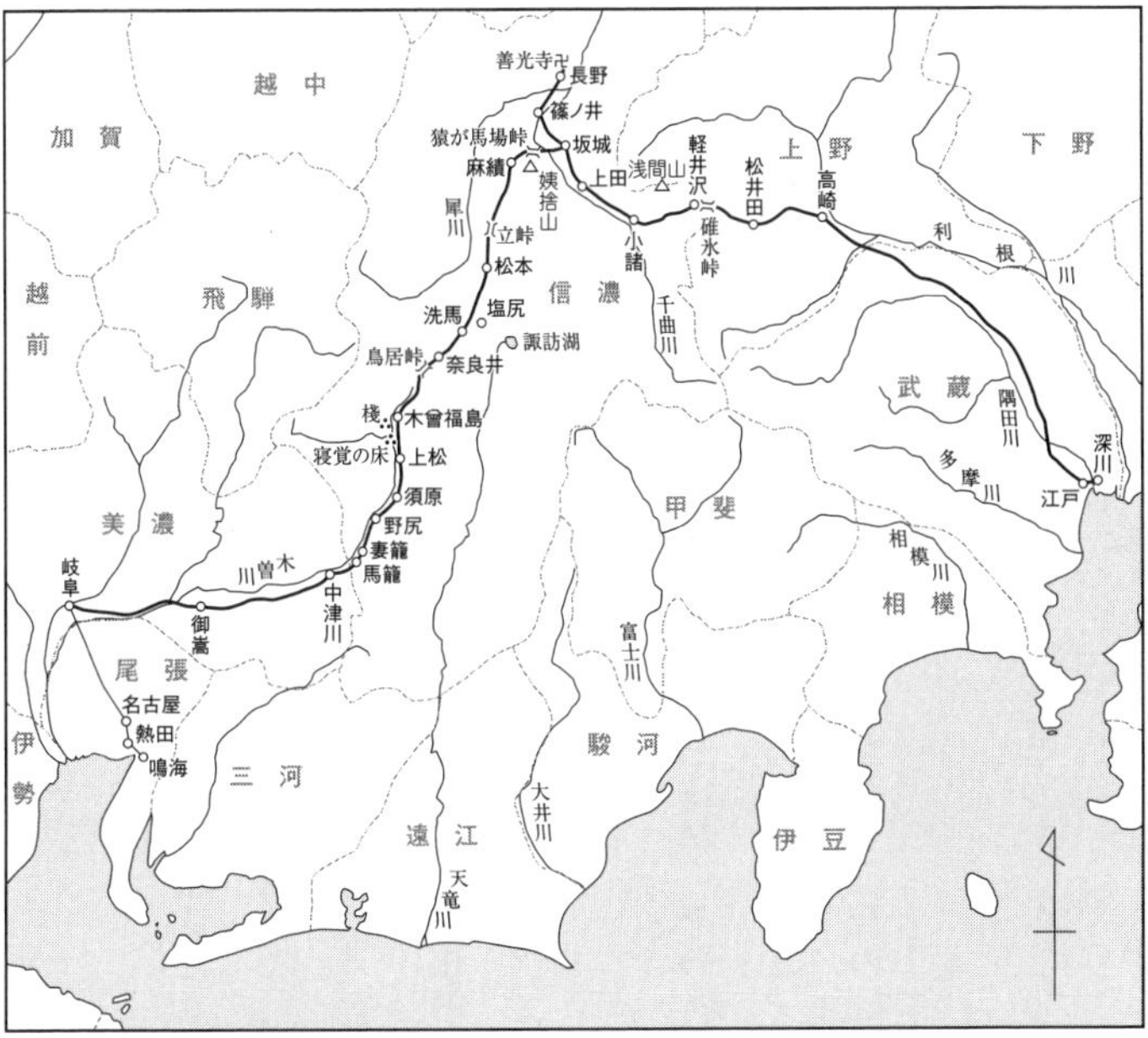

『更科紀行』における芭蕉の足取り。

「送られつ別《わかれ》ツ果《はて》は木曾の秋」という芭蕉の句は、この折見送りの荷兮や岐阜の門人たちに贈ったものだ。

馬で木曾街道を北上した芭蕉たちは、左手に木曾川をながめながら馬籠、寝覚の床、木曾の桟橋《かけはし》、立峠《たちとうげ》、猿が馬場などを経由して八月十五日、更科に到着している。

越人の「さらしなや三よさの月見雲もなし」の句から分かることは、十五、十六、十七日と晴天に恵まれ、姥捨山は白い月光に皎々《こうこう》と照らされていたということだ。その月光の下、芭蕉は、「姥捨伝説」を想い描きながら「俤《おもかげ》や姨ひとりなく月の友」と詠んだ。

十六日に坂城に宿泊した芭蕉たちは、翌十七日には、善光寺に参詣した。

そして、三日間の月見の後、おそらくは十八日に、浅間《あさま》山麓《さんろく》を通過して中仙道へと入ったのではないだろうか。

越人はそのまま江戸に向かう芭蕉に同行し、深川の草庵に帰り着いたのは八月末のことであった。こうして、芭蕉に随行した越人は、江戸蕉門の高弟たち…素堂《そどう》、其角《きかく》、嵐雪《らんせつ》、杉風《さんぷう》らと唱和、交遊のチャンスを得るのである。

また、同年春、芭蕉の不在中に草庵を訪ね、そのまま同じ長屋の裏店《うらだな》に住みついていた路通《ろつう》とも、九月十日、素堂邸での残菊《ざんぎく》の宴で出逢っている。

そして、越人にとって何よりも忘れがたかったのは、師芭蕉との両吟歌仙一巻の興行であったろう。

八月十一日『更科紀行』随行にはじまったこの二カ月は、越人にとっていわば黄金の筆で記すべき日々であったにちがいない。

＊

芭蕉や蕉門の高弟たちとの黄金の日々を過ごした越人が、名古屋へと帰還したのは十月だったが、越人がまだ江戸にいた九月三十日、元号が貞享から元禄へと改まっている。そして、翌元禄二（一六八九）年弥生三月、芭蕉は曾良を伴い、西行の五百年忌を期して旅程約六百里（二千四百キロ）、日程百五十日に及ぶ奥羽歌枕行脚へと出立するのである。

芭蕉が同じ年の八月、再び美濃の地を踏むのは、この一大行脚の終着点を大垣の門人・近藤源太夫如行《じょこう》邸と定めたからであった。

七月二十九日付の山中温泉発如行宛手紙に芭蕉はこう書いている。

みちのくいで候て、つゝがなく北海のあら磯《いそ》日かずをつくし、いまほどかゞ（加賀）の山中《やまなか》の湯にあそび候。中秋四日五日比爰元立申《ごろここもとたちもうし》候。つるが（敦賀）のあたり見めぐりて、名月、湖水か若《もし》みの（美濃）にや入らむ。何《いず》れ其《その》前後其元《そこもと》へ立越可《たちごえもうす》レ申《べく》候。

実際に芭蕉が如行邸に到着したのは八月二十日、それから九月五日まで如行邸に滞在した。如行と同じ大垣藩士で家老格であった戸田如水は、九月四日に芭蕉と対面、その印象を「心底斗《はかり》難けれども、浮世を安くみなし、諂《へつら》はず、奢《おご》らざる有様也《なり》」と、「日記」に書き留めている。

長島から曾良が、名古屋から越人が芭蕉の許《もと》へ参集したのは、この前日三日のことであった。

曾良は、慶安二（一六四九）年、信濃上諏訪の高野七兵衛の長男として生まれながら、若くして家督を弟に譲り、叔父に当たる伊勢長嶋大智院住職のつてで長嶋藩に仕官、河合惣五郎《かわいそうごろう》を名乗った。藩を致仕《ちじ》（退職）して江戸へ下ったのは、延宝四、五（一六七六〜七七）年ごろと言われ、蕉門に入ったのは貞享二（一六八五）年末ごろだったらしい。

以後、深川の芭蕉庵近くに住んだ曾良は、師の薪水《しんすい》や食事の世話をし、貞享四（一六八七）年の『鹿島紀行』の折は宗波《そうは》とともに、また『おくのほそ道』では、三十九歳の僧形となって、いわば能のシテである師に脇僧のようにつき従ったのであった。

また、路通《ろつう》はすでに八月十六日、敦賀種《いろ》の浜まで曾良と別れた芭蕉を迎えに出て、大垣へ同行して来ていたから、大垣の門人たちも含め芭蕉の周りは賑やかであった。

「前川子《ぜんせんし》、荆口父子《けいこうふし》、その外親しき人々日夜訪ひて、蘇生《そせい》の者に会ふがごとく、かつ悦《よろこ》び、かついたわる」と『おくのほそ道』に芭蕉は書いている。

かくして、九月六日、船町住吉橋際の舟の発着所から、これら見送りの人々と別れ、「伊勢《いせ》の遷宮《せんぐう》拝まん」と芭蕉は水門川を経て、揖斐川を下るのである。

*

祖父の代から廻船問屋を営んでいた谷木因《ぼくいん》の屋敷は、芭蕉が伊勢へと向かった船町住吉橋際の乗船場に近かった。この屋敷は大垣藩主戸田侯から賜ったもので、伊勢、桑名へと通ずる水運上の要衝の地大垣で、谷家の家業は隆盛していたのである。しかも、木因は、藩主の一族である家老戸田如水《じょすい》はじめ、近藤如行《じょこう》、宮崎荊口《けいこう》など藩士に広まっていた俳諧の宗匠的立場にいたのだった。

元禄二（一六八九）年九月六日、揖斐川を下るため船に乗り込む芭蕉を、如水は船着き場で見送った。出船の折、芭蕉が詠んだ留別句が、『おくのほそ道』の挙句ともなった「蛤《はまぐり》のふたみに別れ行く秋ぞ」である。蛤の蓋と身が二つに分かれる離別の悲痛と、伊勢二見ケ浦へと向かう自身の行く先とを重ねて芭蕉は詠んでいる。

如行は船で水上を三里まで見送り、船中で送別の句を贈った。木因は伊勢長嶋まで同乗している。見送る木因の他、芭蕉の傍らには、曾良も路通もいた。

長嶋に着いた芭蕉が逗留したのは、若年の曾良が、岩波姓から河合姓に改名して長嶋藩に仕官したとき、仲介役を果たした叔父秀精法師の大智院であった。

翌七日、大智院へ木因が来訪した。この日は、長嶋の人八郎左に招かれ、八日、「一泊り」の七吟歌仙を興行している。連衆は、芭蕉を筆頭に、曾良、路通、木因、蘭夕《らんせき》、白之《はくし》、残夜である。

その後芭蕉師弟は、九日長嶋を出船、桑名で下船してその日のうちに津に到着。十日、久居長禅寺（招善寺）に一泊した。ついで、十一日、久居を出発、堤世古《つつみぜこ》（現・三重県伊勢市宮川町）に一泊した。この間、芭蕉は、長禅寺から卓袋《たくたい》宛に手紙を出し、遷宮参拝後帰郷し、冬の間中郷里に滞在する予定であること、また、藤堂探丸子からの下屋敷を宿舎にという申し出を辞退し、質素な借家を求めたい旨を伝えている。

十二日、宿所を西河原の島崎又玄《ゆうげん》方に移した芭蕉は、同日、松葉七郎太夫方で大々神楽《だいだいかぐら》を拝しているが、そこに江戸の才麿、京の信徳のほか、門人十人ばかりが居合わせた。その中に、万菊丸と名乗って吉野の花見に同行した杜國もいたのである。

十三日、内宮に参拝した芭蕉は、同じ日外宮遷宮式を参拝。十四日には外宮に参拝した。十五日、長嶋へ帰る曾良を、芭蕉は中の郷まで見送り、二十二日には二見ケ浦を見物している。

杜國が伊良湖崎へと帰国したのは、その前後だったようだが、その後この師弟は、二度と逢うことはなかった。

＊

『おくのほそ道』の旅を、芭蕉はいつごろから胸に描いていたのであろうか。おそらく貞享元年（一六八四）の『野ざらし紀行』ころには、芭蕉のなかできざすものがあったのではないだろうか。

芭蕉俳諧の成熟は、貞享元年の『冬の日』五歌仙から、元禄三（一六九〇）年撰集『猿蓑』までの道程だが、芭蕉が後世が知る芭蕉になるのは、日本列島に放物線を描く気宇壮大な『おくのほそ道』の旅程を終えてからである。

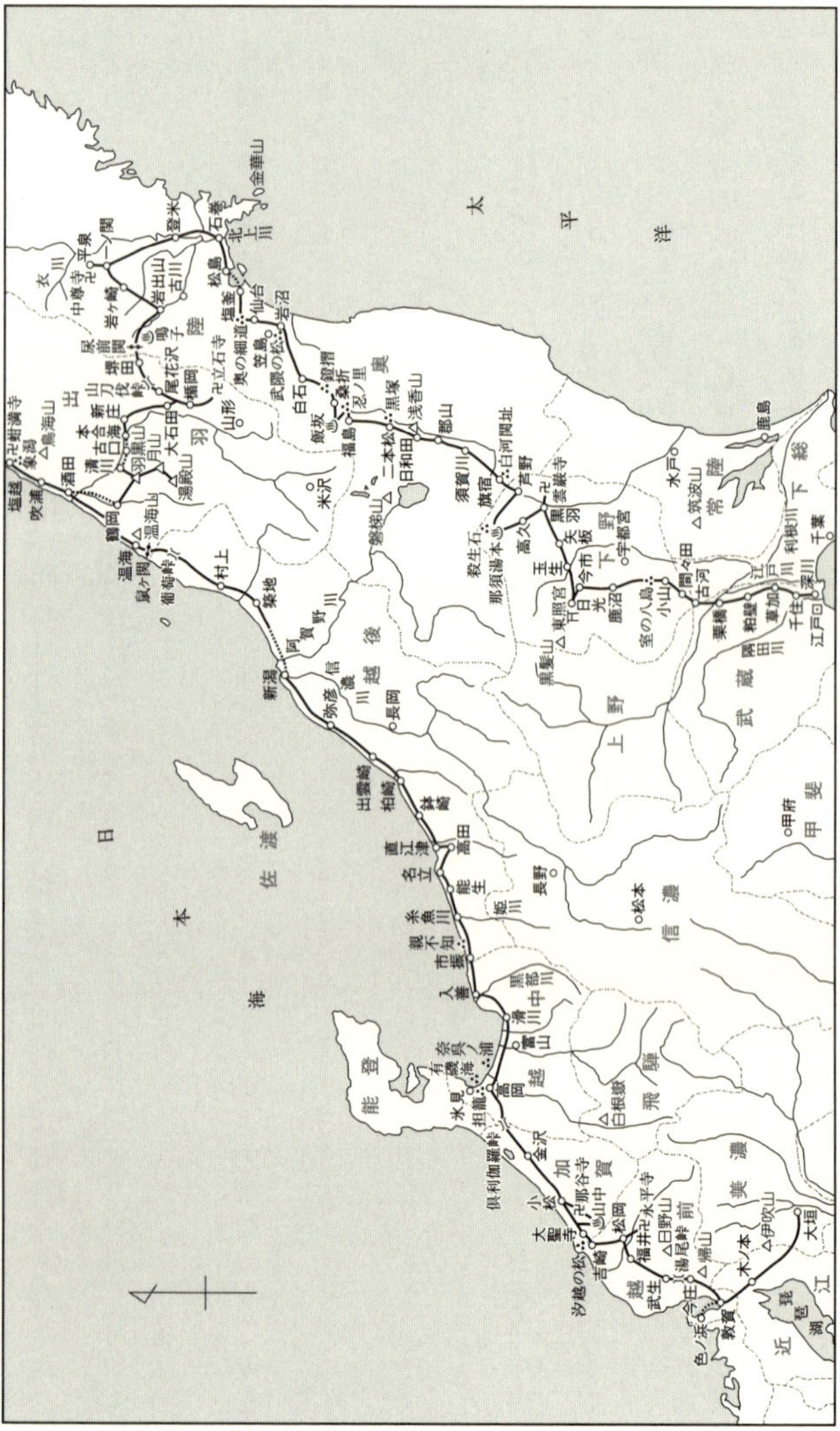

『おくのほそ道』における芭蕉の足取り。

元禄二（一六八九）年三月二十七日、旅程約六百里、日数約百五十日に亙る奥羽、北陸歌枕行脚の長旅に芭蕉をかり立てたものは、終生敬慕の情を抱きつづけ、自分の生のスタイルを、その人と重ねようとした歌人・西行への熱い思いであった。

西行の死は、文治六（一一九〇）年二月十六日で、元禄二年は、西行のちょうど五百年忌に当たっていたのである。

で、四十六歳の芭蕉は、自身の詩魂の師である西行の五百年忌に合せて旅のスタートを切りたかったろうが、準備のため一月ほど出立が遅れることになった。

西行の陸奥行脚の旅は、天養元（一一四四）年二十七歳のときと、最晩年の文治二（一一八六）年六十九歳のときの二度である。

死の四年前、六十九歳の老体に鞭打って、源平の争乱で焼失した東大寺再建のため奥州藤原氏に砂金勧進を促す西行の旅程を、ちょうど裏返すような行程で芭蕉は旅立つ。

というのは、天養元年、西行の旅の起点は伊勢二見ヶ浦の草庵であったが、逆に芭蕉は深川の草庵を出立し、奥州から日本海側へと大きく放物線を描くようにして伊勢二見ヶ浦へと帰着するからである。

ふつう『おくのほそ道』の結びの地は大垣と言われている。けれども、もう一度『おくのほそ道』一巻をよく読んでみてほしい。

大垣へと帰り着いた芭蕉は、多くの門人たちと再会を果たすと、木因邸近くの舟着場から水郷地帯を南下、桑名を経由して二見ヶ浦へと向かうのである。

蛤のふたみに別れ行く秋ぞ

という結びの句が、二見ヶ浦を目指す芭蕉の姿を伝えている。

かくして芭蕉は、奥州平泉を経、酒田で折り返して、大きく孤を描くようにして西行の出発点、二見へと帰還する。念願の西行との自己同一化を果たしたのである。

しかも、『おくのほそ道』の本文に、

旅のものうさもいまだやまざるに、長月六日《ながつきむいか》になれば、伊勢《いせ》の遷宮《せんぐう》拝まんと、また舟に乗りて、とあるように、芭蕉が伊勢を目指した目的がもう一つあった。伊勢神宮の遷宮式である。三月、「行く春」の句を残して深川の草庵を出立したときから、芭蕉は、伊勢神宮二十一年目の式年遷宮の日程を視野に入れていたにちがいない。

日本列島の表と裏を、連歌の懐紙の表と裏と見なし、酒田を折り目とした五十韻連歌の構造を『おくのほそ道』一巻に仕組んだ稀代の俳諧師は、式年遷宮を一つの暗号のように末尾に置くことによって、この仮構された旅程を、新たな五十韻連歌への扉として開けておきたかったのだ。わたしたちはそのことによって、山陽から山陰へと折り返すもう一つの懐紙を幻視するのだが、これこそが、『おくのほそ道』一巻にこめた芭蕉の幻術であった。

*

元禄二（一六八九）年九月下旬、門人李下《りか》を伴って郷里伊賀上野へと帰った芭蕉は、待ちかねていた土芳《どほう》、路通《ろつう》たちと俳諧三昧の日々を二カ月ほどつづけたが、十一月末、春日若宮御祭りを見物するため、路通同伴で奈良へ出、その後湖南へ出て、この年の暮れを膳所《ぜぜ》で過ごし、越年した。

膳所での元禄三年の歳旦吟は次のようであった。

菰《こも》を着て誰《たれ》人《ひと》います花の春

で、芭蕉が、再び伊賀へと帰郷したのは一月三日のことだ。

そして、一月十七日、九月に別れて以来便りのない三河伊良湖崎の杜國へ、芭蕉は手紙を書いた。

いかにしてか便《たより》も無二御座《ござなく》一候、若《もし》は渡海の舩《ふね》や打《うち》われけむ、病変やふりわきけんなど、方寸を砕而已《くだくのみにて》候。

芭蕉は杜國の数カ月の無音《ぶいん》をずっと気にかけていたのである。伊良湖から伊勢へは船便が便利だが、もしや船の事故に遭ってはいまいか、病に罹っているのではあるまいか、と。

同じ文面で芭蕉は、この一、二月の間に伊賀へ来ないかと誘っている。また、手紙に引用されているのは、歳旦吟ほか杜國と別れた後の気に入っている発句である。

芭蕉はこの手紙の宛名を杜國ではなく、「萬菊様」と書いている。万菊丸は、吉野の花見の折、杜國が戯れにつけた号だが、そう呼びかけることで、芭蕉は花見の旅を思い起こしていたのであろう。

芭蕉の手紙に対して、杜國からの返信があったのかどうか。わたしたちが知り得るのは、春三月二十日の伊良湖保美での杜國の死である。貞享二（一六八五）年八月、延米商《のべごめあきない》（空米売買）の科《とが》により、家財没収の上、御領分追放となって三河国保美の里に隠棲後、わずか五年に満たない病死であった。

芭蕉が懸念していたように、杜國の無音は、やはり伊勢からの帰還後の病臥であった。

坪井杜國、通称庄兵衛の享年ははっきりしないが、三十代半ばであった。現在で言えば夭折と呼んでいい年齢である。

一説には番頭の罪科の責任を取ったとも伝えられるが、若き杜國は、追放の科人として、名古屋への望郷の思いと、師との吉野の光り差す旅の思い出を抱いて、桜の季節の終わりに逝ったのである。

遺骸は、杜國の遺言通り、伊良湖保美（現・愛知県田原市福江町）の潮音原大松樹の下に、家僕で保美の住人権七ら地元の連衆によって手厚く葬られたのであった。

＊

杜國の墓を訪れてみたいと思ったのは、名古屋テレビ塔下の『冬の日』連句碑を見た六月だったが、それが実現できたのは、十一月半ばに入ってからだった。

伊良湖岬へ向かったその日は、初冬にもかかわらず陽差しは暖かだった。

杜國の墓がある隣江山潮音寺は、愛知県田原市福江町の国道を少し海側へと入ったところにあった。千代田門と呼ばれる寺の山門前に降り立つと、波音こそ聞こえなかったが、潮の香に包まれているのを感じた。海が近いのだ。

山門をくぐると、右手に鐘楼堂と庫裏《くり》が現れ、玉砂利の向こうに本堂と左手に八角堂が見える。手前に鐘楼堂と左右に並ぶように建つのは、「願成閣」観音会館である。

杜國の墓碑は、師弟三吟句碑と並んで本堂脇に椿や五月などの灌木に囲まれて建っていた。

愛知県田原市潮音寺にある杜國の墓。

墓碑は背の低い自然石で、二百数十年の風雪に洗われ、灰白色をしている。墓碑の正面には彫りの深い楷書体で「法名　繹《しやく》寂《じやく》退《たい》　三度位」と刻まれ、左右には幾分小さく「元禄三庚午《かのえうま》二月廿日」「南喜左衛門杜國之墓」と彫られている（杜國は、三河畠村＝現・田原市福江町に隠棲したとき、名を坪井庄兵衛から南喜左衛門に、号も野仁《のひと》と変えていたのである。また、刻印された命日二月廿日は、三月廿日の誤りだ）。

墓碑の右手、庭石を積み上げた上に根府川石に刻まれた連句碑が建っている。貞享四（一六八七）年十一月、『笈の小文』の旅の途次、越人をともなって蟄居《ちつきよ》中の杜國を訪れた師との三吟である。

妻はえて能《よき》隠《かく》家《れが》や畑《はたけ》村　　はせを

冬をさかりに椿咲《さく》也《なり》　越人
昼の空蚤《のみ》かむ犬のねがへり　野仁

墓碑の両脇と裏面にびっしりと刻まれた碑銘によると、墓碑の建立は「延享元年甲子《きのえね》秋九月」とある。延享元（一七四四）年と言えば、杜國の五十五回忌に当たるから、それを記念して縁りの人たちによって建立されたのであろう。

師弟の三吟碑が潮音寺の境内に建立されたのは大正十（一九二一）年一月、その隣に杜國の墓が移されたのは昭和十（一九三五）年のことだという。

「波音の墓のひそかにも」と、漂泊の俳人・種田山頭火が杜國の墓を詠んだのは、それから四年後の昭和十四（一九三五）年四月二十日のことだ。その前日、師崎から船で福江港に着いた山頭火は、港近くの宿に一泊。翌朝、この墓に詣でたのであった。

＊

杜國の遺骸が、伊良湖潮音原の大松樹のもとに埋葬されたとき、芭蕉は杜國の死を知らなかった。芭蕉が杜國の死を知ったのは、それから半月ほど後の四月上旬である。

杜國の死に驚き悲しんだ芭蕉は、早速杜國の訃を土芳に知らせている。支考が「故翁の愛弟」と後に呼んだ杜國の訃に、芭蕉は涙したにちがいない。

貞享元（一六八四）年十一月の『冬の日』五歌仙興行の連衆としての出会いからわずか六年の師弟の交わりではあったが、邂逅以来、芭蕉は杜國の古典や国学の素養とその感受性の鋭さを愛していた。二人の親近感は、とりわけ『笈の小文』の旅における百日近い吉野、高野山、須磨、明石への随伴で一挙に高まったと言ってよかった。杜國は、万菊丸という一人の童子となって師に従ったのである。

杜國の死のとき、芭蕉は膳所《ぜぜ》に滞在、四月一日には勢多（瀬田）に泊まり、石山寺に詣でて紫式部が『源氏物語』を執筆したと言われる部屋を見たりしている。

そして、四月六日、石山の奥、国分山の「幻住庵」に入るのだが、その直後に杜國の死の知らせを受け取るのだ。

知らせたのは、越人、野水ら尾張の連衆であったろう。四月十日、「幻住庵」に野水が一泊している。

その後の芭蕉の書簡に、杜國の死に触れた文章は現れてはいない。けれども、わたしたちは、それから一年後、元禄四（一六九一）年四月の嵯峨落柿舎《らくししゃ》滞在中の日記で芭蕉の悲しみの深さを知るのである。

落柿舎は京の門人去来の庵で、芭蕉が好んで立ち寄った侘住《わびずま》いであった。芭蕉は元禄二年の冬、元禄四年初夏、また元禄七年の夏と三度この庵を訪れている。

杜國の記事は、四月十八日から五月四日までの『嵯峨日記』の四月二十八日のところにでてくる。

夢に杜國が事をいひ出して、涕泣して覚ム。

（中略）我に志深く伊陽旧里《いようふるさと》迄したひ来りて、夜は床を同じう起伏《おきふし》、行脚《あんぎや》の労《らう》をともにたすけて、百日が程かげのごとくにともなふ。ある時はたはぶれ、ある時は悲しび、其志我《わが》心裏に染《しみ》て、忘るゝ事なければなるべし。覚《さめ》て又袂をしぼる。

夢に涙を流して覚め、目覚めて再び亡き弟子をしのんで泣く。死から一年後であることを考えると、四十八歳の芭蕉の悲しみが、尋常一様のものではなかったことがうかがえ、読む者の胸を打つのである。

四、終焉まで

元禄三(一六九〇)年三月の杜國の死は、尾張蕉門の俳人たちにとって、一つの象徴的な出来事であったかもしれない。

というのは、杜國の死の前後から『冬の日』に連座した門人荷兮、野水らを中心に尾張の門人たちが芭蕉から離れていったからである。

歌仙『冬の日』を巻いた松坂屋と並ぶ呉服商備前屋の二十七歳の若主人・岡田野水は、杜國の死のとき、三十三歳になっていた。家業が繁忙の上に町代としての職務に追われていた野水は、以前のような俳諧への熱意を失いつつあった。

また、『冬の日』『春の日』『曠野《あらの》』の編者でもあった医師荷兮は四十三歳で、元禄二年『おくのほそ道』の旅を終え、「軽み」へと自身の句境を移行しつつあった芭蕉との間に、句境のずれが生まれていたのである。その意味でなら越人もまた「軽み」の句境についていけない一人であったろう。

こうした尾張連衆の芭蕉からの離反は、自主的なものというよりも、元禄三年四月以降、曲《きょく》翠《すい》が提供した「幻住庵」や京嵯峨野の去来の「落柿舎」のように、湖南や京を拠点とするようになった芭蕉が、尾張蕉門の人たちと直接ひざを寄せ合う機会が少なくなっていたからであった。他の俳諧宗匠のような添削指導を嫌った芭蕉は、同座する歌仙での門人との直接対話を重んじていて、俳諧興行が減ることは、門人にとって致命的な損失であった。

といっても、芭蕉から離反してゆく門人ばかりではなかった。むしろ、『おくのほそ道』以降蕉門の人となり、活躍した俳人の方が多いのである。

後に蕉門の十哲に数えられ、元禄二年冬に入門した元尾張犬山藩士内藤丈草《じょうそう》、同じく元禄二年暮れに入門した湖南の人・曲翠、酒堂《しゃどう》、正秀《まさひで》、つぎに、元禄三年三月、杜國の死と同じ月、やはり湖南の地で入門した美濃の各務支考、そして元禄四年十月、江戸に下る途中熱田に滞留した芭蕉に対面して直ちに入門した名古屋の数珠商・沢露川《さわろせん》といった俳人たちが、次々と蕉門に連なったのであった。

とりわけ沢露川は、芭蕉から離反してゆく荷兮、野水、越人らと入れかわるようにして、以後尾張蕉門の中心的人物となってゆくのだ。熱田で芭蕉と対面したとき、露川は三十二歳であった。

文考『笈日記』に、この折の師弟の句が記されている。

奥庭もなくて冬木の梢かな　露川
小春の首の動くみのむし　翁

＊

元禄四（一六九一）年十月中旬、熱田に三泊した芭蕉は、入門したばかりの露川の発句に脇を与え、遅れて湖南を発《た》った各務支考を待って、三河新城の庄屋・太田金左衛門を訪ねた。一行は、芭蕉、桃隣《とうりん》、支考の三人である。

太田金左衛門は、俳号を白雪《はくせつ》と言い、祖父、父、兄とつづく三代の俳諧愛好者で、代々庄屋を務める家柄の四代目であった。また、屋号を升屋といい、醬油、酒の醸造と、米、味噌、茶などを商う富裕な商人でもあった。白雪は同業者でもあった鳴海の下里知足を介して芭蕉を招いたのである。

芭蕉は、白雪邸に泊まり、その折歌仙「其《その》にはひ」を巻いたが、このとき、白雪は蕉門に入り、二人の息子に俳号を乞うて入門させている。芭蕉は、自身の桃青《とうせい》から「桃」の一字を取って、兄に桃先《とうせん》、弟に桃後《とうご》の俳号を与えた。

新城滞在中、芭蕉は、新城領主・菅沼織部の重臣・菅沼権右衛門定次の招きを受けている。権右衛門は耕月《こうげつ》という号を持つ俳人で、近江膳所の門人曲翠の従兄であった。だから、芭蕉の新城訪問は、むしろ菅沼耕月との縁によったと言った方がよい。

芭蕉に「幻住庵」を提供した曲翠は、膳所本多侯の中老を務める家臣で、本名を菅沼定常と言ったのである。

白雪邸で歌仙を巻いた芭蕉師弟は、耕月邸で芭蕉の「京にあきて此の木がらしや冬住ゐ」ほかの四吟八句を興行した。連衆は耕月、支考、白雪である。

白雪は、芭蕉の門下に入ったことで、支考、桃隣、路通らをはじめとして俳諧上の交際が全国的に広がり、以後三河蕉門の中心人物として活躍することになる。

翌元禄五年夏、江戸に遊んだ白雪は、品川沖に其角とともに船を浮かべた。蕉門きっての俊才と同座することの誇らしさを、白雪はこう詠んでいる。

ほととぎすこちの舟には其角あり

芭蕉は、その後三年ほど尾張、三河の地を踏むことはなかったが、元禄七（一六九四）年五月二十二日、京へ上る途次名古屋荷兮邸を訪れ、疎遠になっていた野水、越人ら尾張の連衆と旧交を温めている。この折、鳴海の知足邸、熱田の桐葉邸へも立ち寄っているが、半年後の芭蕉の死を思うと、『冬の日』をともに生んだ彼等に暇乞いに現れたような気がしてならない。

＊

荷兮《かけい》邸に三泊した芭蕉は、元禄七年五月二十五日、荷兮、越人、傘下らに烏森村《からすもりむら》（現・名古屋市中村区）まで送られて名古屋を後にした。

途中露川、素覧《そらん》が待ち受けていたのは、前々から佐屋で水鶏《くいな》を聴く約束ができていたからである。この辺り、新旧の尾張蕉門への芭蕉の気配りがうかがえて面白い。

その後、郷里伊賀上野に帰り着いたのは五月二十八日のことで、芭蕉は郷里にほぼ半月滞在した後、膳所の曲翠邸へ向かい、一週間後には、洛外嵯峨の落柿舎に移っている。

六月十五日、再び京より膳所へ戻った芭蕉は、以後七月五日まで義仲寺無名庵《ぎちゅうじむみょうあん》を本拠地として湖南にとどまったが、再度京都桃花坊の去来宅にいったん移り、七月中旬には郷里に舞い戻って九月八日まで伊賀上野に滞留していた。

こうして、芭蕉は、郷里、湖南、京の門人たちの間を精力的に動き回っていたが、この間、六月初旬には、江戸深川芭蕉庵に残してきた寿貞《じゅてい》の死を落柿舎で知るのである。

その芭蕉が、九月八日、大坂へと旅立つことになったのは、同門の洒堂《しゃどう》と之道《しどう》の、いわば勢力争いによる不和を解くためであった。

この数日前、支考が伊勢から伊賀上野に着いており、大坂行には、支考、惟然、寿貞の遺児で江戸から同行した二郎兵衛少年らが付き従った。

河船などを利用しながら奈良に入り、くらがり峠を越えて大坂に到着した芭蕉は、之道邸に落ち着くと、直ちに体の不調を訴えた。九月十日の夜から寒気、熱、頭痛に襲われ、この症状を二十日まで毎晩繰り返したのである。

五十一歳の芭蕉は、すでに大坂までの道中で体力の衰弱を訴えていて、歩行にも難儀する模様であったという。

九月二十七日、一時平快した芭蕉を園女が自邸へ招いて歌仙興行したことはすでに触れたので詳細を省くが、園女の好意は裏目に出て、この二日後、芭蕉はひどい下痢に襲われて臥床《がしょう》、容体は日を追って悪化していった。

十月五日、もっと広い屋敷へということで、南久太郎町の南御堂別院前、花屋仁右衛門方の後園の貸座敷へと病床が移された。同時に、膳所、大津、伊勢、伊賀上野、名古屋など各地の門人たちに、芭蕉危篤の報が伝えられたのである。

このとき、芭蕉の看護に当たっていたのは、支考、惟然、之道、舎羅《しやら》、呑舟《どんしゅう》、二郎兵衛らであった。

＊

各地の門弟たちに芭蕉危篤の知らせが出された翌十月六日（元禄七年、一六九四年）、芭蕉は小康を得て床から起き上がり、南御堂別院界隈の景色を眺めたりした。

七日、芭蕉の指名による医師木節《ぼくせつ》をはじめ、知らせを受けた去来、正秀、乙州、丈草、昌房《まさふさ》らが病床へと駆けつけた。

その後の芭蕉終焉の模様は、看護する門弟たちの姿も含めて、ちょうど一幕一場の舞台劇を見るように鮮やかに再現することができる。

というのは、土芳と賀景《かけい》の口伝を竹人《ちくじん》がまとめた『芭蕉翁全伝』をはじめ路通『芭蕉翁行状記』、涼袋《りょうたい》『芭蕉頭佗物語』といった伝記や、其角『枯尾花』、支考『芭蕉翁追善之日記』、文暁《ぶんきょう》『花屋日記』などの記録が残っているからである。

八日の深更八ツ時（実際には九日の午前二時ごろ）、芭蕉は、看病中の呑舟に墨をすらせ、「病中吟」、

旅に病んで夢は枯野をかけ廻《めぐ》る

を書き留めさせ、「なほかけ廻る夢心」の別案にも思いをめぐらしたりした。

九日には、支考に、その夏詠んだ「大井川浪《なみ》に塵なし夏の月」が、園女邸での発句「白菊の目に立ててみる塵もなし」とまぎらわしいと語り、「清瀧《きよたき》や波に散込青松葉」に改めようと述べている。

容体が急変し、高熱を発したのは十日の暮れ方からである。このとき、治療に当たっていた木節は、薬効の現れないことを去来に告げ、他の医師に頼みたいと訴えた。これを聞いた芭蕉は、「わが呼吸《いき》の通はん間は、木節が神方を服せん」と応えたと『花屋日記』にはある。すでに自身の死期を悟っていたのである。芭蕉はその日の朝から食を廃し、不浄を清め、香をたきこめて安《あん》臥《が》していた。

支考が、芭蕉の死後発句をまとめて刊行したいと申し出て、去来に激しい口調で叱られたのはこの前後であったろう。その折、支考がこんな句を残している。

叱られて次の間に出る寒《さむ》さ哉《かな》

その夜、芭蕉は支考を呼んで遺書三通を代筆させた。その一通で、支考のまことの深切を謝し、芭蕉庵にある仏像を与えること、杉風の所にある発句や文章の覚書の校訂と手入れを託している。

十一日、上方行脚中の其角が、師の危篤を知って現れた。夜、門人たちは病床の師を慰めるため夜伽の句を作り合ったが、芭蕉が賞したのは、文章の一句「うづくまるやくわんの下のさむさ哉」だけであった。

臨終は、翌十二日　申《さる》の刻（午後四時）であった。芭蕉の魂はこのとき、夢の「枯野」へと疾駆したのである。

*

芭蕉の死に顔は「うるはしく睡れる」ようであったと其角は『芭蕉翁終焉記』に書いている。

その夜、芭蕉の遺骸を長櫃《ながひつ》に入れ、商人のようにととのえて、川舟に乗せると、門人たちは、淀川の静かな川面を滑るように伏見へと向かった。芭蕉の遺言「骸《から》は木曾塚《きそづか》に送るべし」を実行するためであった。

木曾塚、つまり粟津《あわづ》義仲寺《ぎちゅうじ》である。遺骸につき従った門弟は、去来、其角、乙州、支考、丈草、惟然、木節、呑舟、二郎兵衛の十人であった。

元禄七（一六九四）年十月十三日朝、伏見を発した遺骸に、遅れて来た律師（僧都に次ぐ僧）でもある李由《りゆう》は、淀川の船中で対面、一行に加わった。乙州、其角らは先行して乙州の大津の自宅で通夜の準備に入った。いったん乙州宅に到着した遺骸を沐浴させ、月代《つきしろ》（額際の頭髪）は丈草が剃った。浄衣《じょうえ》を縫ったのは乙州の姉智月と、妻荷月であった。

滋賀県大津市義仲寺にある芭蕉の墓。

葬儀は十四日酉の上刻（午後五時）、義仲寺で行われた。導師直愚上人、門人焼香者八十人、記帳の会葬者は三百人であった。

この焼香者の中には、加賀、越中を行脚中に芭蕉の訃報に接し馳せ参じた路通もいた。臨終間近の芭蕉が破門を許した路通である。師の遺骸と対面した路通は後に次のような自省の句を献じている。

思ひ出しく蕗のにがみかな

また、土芳も伊賀蕉門を代表して卓袋《たくたい》とともに葬儀に参列した。

葬儀の後、遺骸は、義仲寺境内に夜子《ね》の刻（午前零時）に埋葬され、丈草の手になる「芭蕉翁」の文字が石に刻まれることになった。

かくして、中世精神の集大成者にして俳諧形式の完成者・松尾芭蕉は、五十一歳を一期としてその生涯を閉じたが、蕉風が飛躍的発展を遂げるのは、むしろ芭蕉没後のことだ。

門弟たちは、追善《ついぜん》供養の俳諧興行をし、師の俳論、紀行や伝記類を次々と刊行、全国を行脚して蕉風の伝布に務めたのであった。

その中で、最も精力的であったのは各務支考であった。彼は、初代芭蕉、二代目を支考とする美濃派を起こし、北は北陸加賀から、西は京、四国、九州まで追善会と行脚を重ね、巧みな話術で勢力拡大につとめていった。支考は、四十七歳のとき自らの終焉記を書き、追善集を出版、大智寺に墓所を造って自らの葬儀を出した奇行の人として知られる。

「無名庵」で三年の喪に服した丈草の後、「無名庵」に入った惟然は、乞食坊主となって『おくのほそ道』の跡から九州まで芭蕉の句に節をつけた「風羅念仏」を唱えて放浪して歩いた。娘がその姿に涙したといわれる。

＊

貞享元（一六八四）年十月、尾洲名古屋の若き連衆たちとの『冬の日』五歌仙の興行以後の芭蕉の行動を、蕉門の連衆たちとの交友を軸に追ってきたが、芭蕉俳諧の成熟が、『野ざらし紀行』から『おくのほそ道』への旅の日々で成されたことがよく判る。その旅の中で、芭蕉は、西行との自己同一化を完成してゆくのである。

けれども、芭蕉という稀代の俳諧師のイメージを完成させたのは、芭蕉自身ではなく、生前芭蕉の近くにいた蕉門の俳人たちであった。向井去来、服部土芳、美濃派を興した各務支考らの活動や、先師芭蕉についての著作がなければ、わたしたちがいま抱いている芭蕉俳諧の全体像は存在しなかったと言ってよい。芭蕉没後の出版ジャーナリズムこそが、蕉風確立に貢献したのである。

とりわけ、蕉風の流布に役立ったのが、俳論集『去来抄』、『三冊子』、『旅寝論』の出版であった。

向井去来の遺著『去来抄』が広く世に知られることになったのは、安永四（一七七五）年、加藤暁台の翻刻により、京都井筒屋から刊行されたからである。

加藤暁台は、蕪村とともに中興俳諧の指導者で、尾張藩士であった。去来は、宝永元（一七〇四）年九月十日、五十四歳で没しているから、実に没後七十年の刊行ということになる。元禄七（一六九四）年十月十二日の芭蕉の死からは、八十年後の出版である。

もう一冊、去来の『旅寝論』は、元禄十二（一六九九）年三月、旅中の長崎で執筆されたものだ。公刊の最初は、宝暦十一（一七六一）年で、松村桃鉄が『去来湖東問答』の書名で翻刻している。そして、『旅寝論』としての翻刻は、嵯峨の菅原重厚によるもので、安永七（一七七八）年九月十日のことだ。

一方、服部土芳による芭蕉随聞記『三冊子』の翻刻は、闌更《せんこう》が行った。安永五（一七七六）年のことで、土芳没後四十二年、芭蕉没後八十二年を経ていた。

かくして、これらの芭蕉にかかわる著作の出版が、没後八十年後の蕉風復活を用意したのであった。

ついで、名古屋城下新町の町屋井上家の養子となり三代目を継いだ暁台の弟子井上士朗は、寛政五（一七九三）年、風月堂所蔵の芭蕉の真跡懐紙をかかげて芭蕉百回忌の連歌興行を企画した。こうして、「尾張名古屋は士朗で持つ」とまで言われた尾張俳壇の盟主・士朗が蕉風を継承できたのも、『去来抄』『旅寝論』『三冊子』の流布が大いに役立ったにちがいない。奇しくも、芭蕉百回忌の翌寛政六年、尾洲本屋仲間が成立している。

まず、京都町衆の支持によって享保元（一七一六）年、京都本屋仲間が立ち上がり、ついで享保六（一七二一）年の江戸本屋仲間、享保八（一七二三）年の大坂本屋仲間とつづいた三都の本屋仲間によるほぼ七十三年間つづいた出版の独占は、このとき終止符を打つのである。

第二章　尾洲本屋・永楽屋東四郎

十七世紀に誕生した江戸時代の商業出版は、芭蕉が自身の俳諧世界を深化させていた元禄期までを前期とし、十八世紀の三都の本屋仲間成立を中期と考えると、寛政六（一七九四）年の名古屋本屋仲間の成立以降、文化、文政期から幕末期は、いわば爛熟期と呼んでよかった。

こうした商業出版を支えたのは、天明、寛政期以降の手習塾・寺子屋、私塾と各藩校の創設であった。私塾や藩校の文庫（つまり、図書室）には、本屋を介して書籍が蓄積されていったのである。こうして、知的な教養層が増加し、彼等が商業出版を支えてゆくことになる。

十九世紀に入ると、江戸の書物問屋・須原屋茂兵衛、和泉屋市兵衛、鶴屋喜右衛門らは、三都以外の本屋と提携して、教育関係書を広く売り捌く流通網を作っていった。

江戸の地本屋仲間、板本屋仲間、貸本屋仲間の成立は、一七九〇年から一八〇八年の間で、その数は、地本屋二〇軒、板本屋五組二二二軒、貸本屋十二組六五六軒であった。

江戸の地本屋の雄が、吉原細見からスタートして、馬琴、一九を育て、歌麿、北斎、写楽の浮世絵師を世に送り出した蔦屋重三郎《つたやじゆうざぶろう》であったが、ここで取り上げるのは、この蔦屋重三郎と組んで江戸出店を果たした尾州名古屋の本屋・永楽屋東四郎《えいらくやとうしろう》である。

寛政年間、名古屋城下本町通りを中心に十九軒の本屋が並んでいたと言われるが、その中の大店が、老舗・風月堂と永楽屋であった。

尾州本屋仲間成立の中心人物であった初代永楽屋東四郎直郷は、初代風月堂孫助と同じ美濃の人で、風月堂で修業して後、安永五(一七七六)年三十五歳のときに独立した。

永楽屋が創業後間もなく急成長したのは、尾張藩藩校明倫堂の創設と無縁ではない。

尾張藩第九代藩主宗睦《むねちか》は、藩の文教政策に力を注いだ人で、天明三(一七八三)年藩校明倫堂を創設、総裁に細井平洲を招き、岡田新川、奏鼎、鈴木朖といった藩儒が、藩士の指導に当たった。

永楽屋は、この明倫堂の御用達として藩校の教授たちのテキストを一手に引き受け、本屋としての基盤を固めたのである。

永楽屋の経営を支えたのは、郷里美濃からの安価な美濃紙の仕入れルートであり、版下制作、板刻、摺り、綴り（製本）といった板元の全工程を、プロの職人ではなく、藩の下級武士たちの内職によってまかなうといったいわば合理化による出版のコストダウンであった。

そして、永楽屋を三都にもまれな大店へと成長させたのは、なんと言っても、藩の認下によって、墨の製造、販売の独占権を得たことであった。

寛政年間、十九軒であった名古屋の本屋は、文化、文政期には二十八軒から三十四軒にふくれあがった。本屋仲間の成立による自主開板によって、名古屋の本屋は、一気に活気づいたのである。

これら本屋は、名古屋城本町門から熱田神宮へと真っ直ぐにのびるメインストリート本町通りの一丁目から十二丁目に集中していた。永楽屋は、同じ本町通りに一際広い店先を誇り、最盛期には、四棟の書庫を持っていた。

京都風月堂の名古屋の出店として出発した風月堂が、芭蕉の真跡を精神的支柱とし、横井也有、加藤暁台、井上士朗といった名古屋俳壇を代表する俳人たちの句集、俳文集の出版で明和年間以降名古屋の出版をリードしながら、寛政期以降ふるわなくなってゆくのは、永楽屋の台頭と

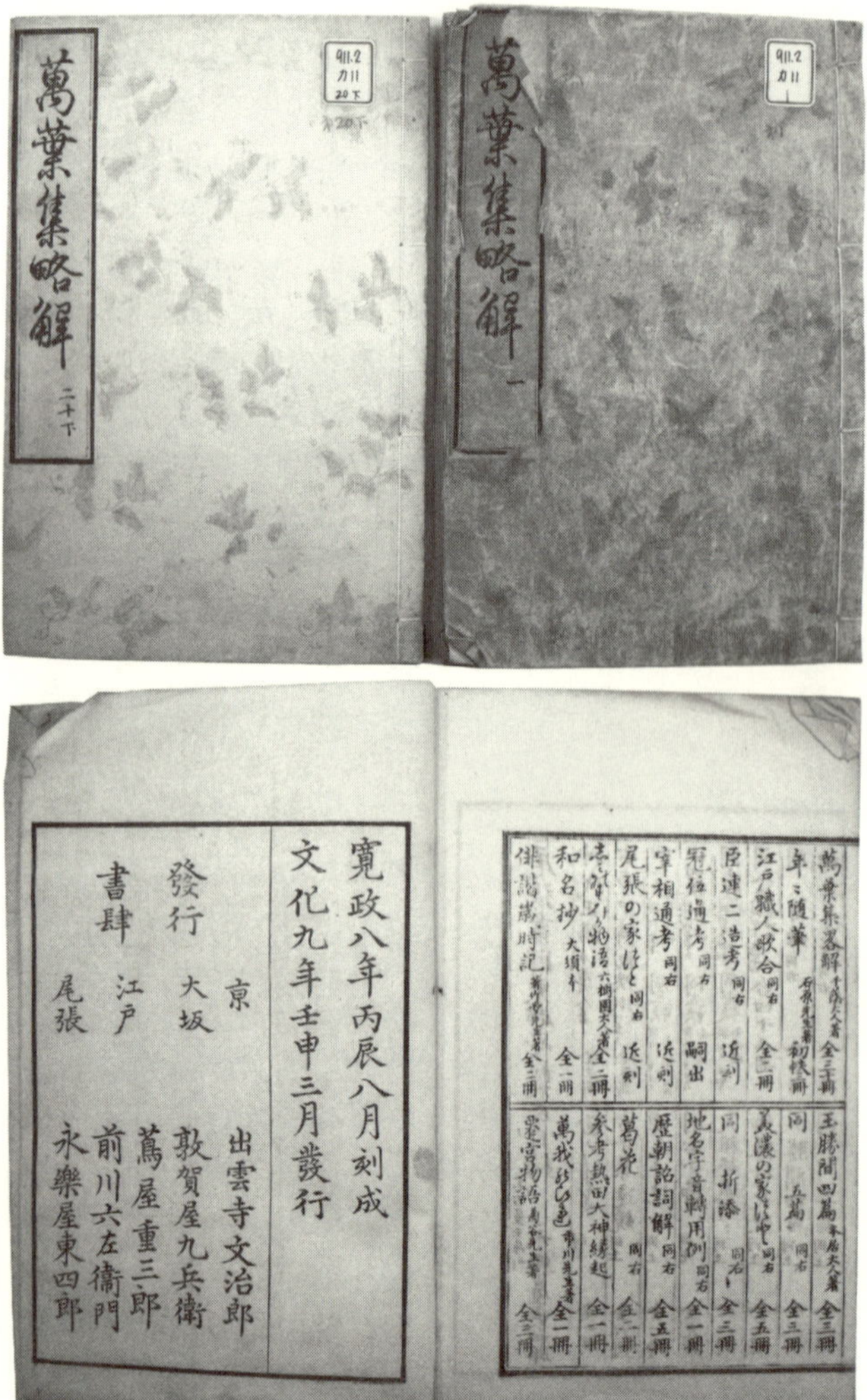

文化9（1812）年に刊行の『万葉集略解』、板元に蔦屋重三郎（江戸）と永楽屋東四郎（尾張）が名を連ねている。（千葉県野田市立図書館蔵）

ともに、京都町衆の支持によって開花した商業出版が、すでに京都から百万人都市江戸へと移っていたからであった。

これに対し、初代永楽屋東四郎は、寛政三（一七九一）年、江戸本屋仲間でのポジションを得るため、江戸地本屋の雄・蔦屋重三郎と手を組むのである。

寛政年間と言えば、老中松平定信による「寛政の改革」の時代で、出版統制も厳しかった。寛政三年三月、山東京伝が『娼妓絹麗』『錦之裏』『仕懸文庫』の洒落本三部作で風俗壊乱の罪により絶版、手鎖り五十日（つまり、執筆禁止令である）、板元の蔦屋重三郎は財産の半分を没収されたのである。

この洒落本執筆のとき、山東京伝は蔦屋から作料の内金として金一両銀五匁を受け取っていたが、これが江戸戯作者の稿料の始めと言われている。つまり、江戸の商業出版の成長が、職業作家を誕生させたのである。京伝に続いたのが、滝沢馬琴と十返舎一九であった。

同じ年、永楽屋東四郎が蔦屋重三郎に提携を申し出たのは、財産が半減した蔦屋へ手を差しのべるかたちではなかったか、とわたしは想像している。

いずれにしろ永楽屋の江戸進出は、硬派な本屋であった永楽屋の転身であったと思う。

財産半減から三年、寛政六（一七九四）年五月、蔦屋重三郎は、松平定信の罷免に合わせるようにして謎の浮世絵師・東洲斎写楽の役者絵の板行に踏み切った。

蔦屋重三郎が仕掛けた、いわば起死回生の写楽絵刊行の背後には、永楽屋東四郎の出資があったにちがいないとわたしは考えている。けれども、無論これは一つの仮説にすぎない。

話題を呼んだ写楽絵の板行は、翌寛政七年七月、突然打ち切られている。初代永楽屋東四郎の死は、それから三ヵ月後のことだ。

一、本居宣長『古事記伝』

芭蕉が尾張の若き連衆たちと『冬の日』五歌仙を興行した貞享元（一六八四）年、城下町名古屋の人口は、五万四千人であった。これには、藩士の数は入っていないので、このとき名古屋は、すでに十万人の近世都市であったことになる。

百万都市江戸、四十万の大坂、二十数万と言われた京都には及ばなかったが、これら三都を除けば、十万を超える城下は、加賀金沢と名古屋だけであった。

その名古屋が、稀有な繁栄の時を迎えるのは、享保十五（一七三〇）年から元文三（一七三八）年までのほぼ十年間、七代藩主・徳川宗春の治世のときだ。

宗春は、緊縮財政によって享保の改革を断行中であった八代将軍吉宗に真っ向から対立する規制緩和によって、名古屋にきらびやかな一時代を開いた人である。彼が、芝居興行の許可や、遊郭の公許を行った結果、三都で仕事を失った役者や遊女が名古屋に集まり、同時に全国の有力店舗の出店が相ついだ。

芝居小屋は十八カ所におよび、三都の芝居が名古屋に集中したのである。また、後に三郭と総称される西小路、葛《かずら》町、富士見原といった遊郭が城下の南方に置かれ、遊郭の増加は江戸をしのぐ勢いであった。

その宗春が藩主となった同じ享保十五年五月、伊勢国飯高郡松坂本町に、後の本居宣長、幼名小津富之助が産声をあげている。

父小津三四右衛門定利は、江戸に店を持つ木綿問屋で、宣長が生まれたとき三十六歳であった。小津家は、三井家、殿村家などと並ぶ松坂豪商の一つであったが、祖先は平氏の出で、伊勢の国司北畠氏に仕えた武士であった。主家の滅亡の後は蒲生氏に仕え、本居の姓を名乗っていた。二十三歳のとき、医学修業のため京に上った宣長が、本居姓に改めたのは、先祖が武門の出であったことを誇っていたからである。

宣長が本居と姓を改めた二十三歳、堀景山に入門、寄宿して儒学を学ぶのだが、このとき契沖『百人一首改観抄』を借覧、契沖の古典学に開眼するのである。つまり、古典研究への眼を開いたとき、宣長は本居姓に改めたことになる。宣長を名乗るのは、三年後、医者として立ったときである。

その宣長が、尾張藩とつながるのは、安永六（一七七七）年七月のことだ。尾張名古屋の万葉学者田中道麿《みちまろ》が松坂に来訪、六歳年下の宣長に入門を請うたからである。

＊

安永六（一七七七）年七月、名古屋の田中道麿がはじめて伊勢松坂の宣長を訪れたとき、宣長は、『古事記』上巻の注釈の仕上げに入っていた。翌七年閏《うるう》七月、『古事記伝』巻十七の浄書を終え、『古事記』上巻の注釈は完結する。

初対面のとき、宣長は四十八歳、道麿は五十四歳であった。そして三年後、道麿は、伊勢国以外のはじめての宣長門人となるのだ。

道麿との邂逅によって、宣長は多くの名古屋の門人を得ることになるのだが、その前に尾張藩の文教政策の推移に少し触れておきたい。

というのは、道麿と宣長が邂逅した六年後、つまり天明三（一七八三）年五月、九代藩主宗睦は綱紀刷新、士風振興を目指して藩校明倫堂を開校、テキストのための儒書、俳書の出版助成に力を入れはじめるからである。この動きが、後に『古事記伝』刊行を実現させてゆくのだ。貞享元（一六八四）年の『冬の日』五歌仙からちょうど百年目のことである。

尾張藩校明倫堂は、藩祖義直《よしなお》が設立した大津町学問所（大津町学校）にその原点をもっている。家康の九子義直は、慶長十二（一六〇七）年、八歳で名古屋に封じられるが、それまで駿府の家康のもとで養育され、林羅山《はやしらざん》から朱子学と儒学神道を学んだ。義直は後年名古屋城二の丸に聖堂を建立、堯《ぎょう》、舜《しゅん》、禹《う》、周公《しゅうこう》、孔子の金像を安置して朝夕礼拝した。

義直は、家康が集収した約一万冊の蔵書のうち三千冊を譲り受け、その「駿河御譲本《おゆずりほん》」を基に「御文庫」を設立、さらに藤原惺窩《ふじわらせいか》門の堀杏庵《ほりきようあん》を藩儒として招聘、書籍の撰述・編纂に当たらせている。また、義直自身も『神祇宝典《じんぎほうてん》』『類聚日本紀《るいじゆうにほんぎ》』『東照宮御年譜』などの編纂に当たった。

これら義直の文教奨励事蹟《じせき》の中でも特筆すべきが、城下大津町に学問所を建立したことである。これは儒者を招いて藩士に聴講を許した藩の公的教育機関で、その中心は京都朱子学であった。

義直の教学精神を復興したのは八代宗勝《むねかつ》で、聖堂を再建し、延享元（一七四四）年二月、蟹養斎《かにようさい》らを藩儒に取り立てると、同五年二月、養斎の家塾勧善堂を官許の巾下学問所として認可したのである。宗勝は、翌寛延二（前年七月改元）年九月には、自筆の「明倫堂」扁額《へんがく》を与えた。これが、新馬場学校または巾下明倫堂で、天明三年五月開校の藩校明倫堂の原型がこのとき生まれたのであった。

＊

名古屋の桜天神で国学塾を開いていた万葉学者田中道麿が、正式に本居宣長の門人となったのは、道麿がはじめて松坂の鈴屋《すずのや》を訪れた安永六（一七七七）年七月から三年後の安永九年一月のことである。その同じ安永九年、尾張藩主徳川宗睦は、五十三歳の平洲《へいしゅう》細井甚三郎を藩儒として迎え入れている。

細井平洲は、知多郡平島村（現・愛知県東海市上野町）の富農の子として生まれ、十四歳のとき学を志して名古屋へ出、ついで十六歳で京へ遊学、十七歳で再び名古屋へ戻り儒者・中西淡淵《たんえん》に入門した。一時病を得て帰郷していたが、二十四歳の折、江戸に出ていた淡淵に招かれ江戸へ下った。二年後師淡淵は他界、平洲は二十六歳で私塾嚶鳴館《おうめいかん》を開くのである。

平洲の名を高めたのは、三十七歳の折、米沢藩主・上杉鷹山《ようざん》の師範となり、米沢藩の藩政改革、藩校興譲館《こうじょうかん》の創設に尽力したからであった。平洲を尾張藩に招聘《しょうへい》したのは、国用人、国奉行を務めた人見璣邑《きゆう》であった。

安永年間（一七七二―一七八一年）から農民の年貢の減免運動や救民運動が激しくなっていた尾張藩では、藩政改革のために平洲の米沢藩での実績を必要としたのである。

平洲は、天明二（一七八二）年一月七日の名古屋本町一丁目、風月堂での『孝経《こうきょう》』の講話会を皮切りに、美濃路起宿《おこしじゅく》（現・愛知県一宮市）、尾張海東郡木田村（現・同県津島市）、岐阜といった具合に、農民教化のために廻村《かいそん》講話を行ってゆくのである。

風月堂は、店主・長谷川孫助の本屋で、貞享四（一六八七）年十一月、『笈の小文』の旅の途上にあった芭蕉が、「いざ出む雪見にころぶ所まで」の句入り文を与えた長谷川夕道から数えて三代目になっていた。書肆《しょし》風月堂は、芭蕉の真蹟を精神的支柱として明和四（一七六七）年から尾張の俳人横井也有や加藤暁台らの俳書の出版を精力的に行っていたのである。

再び平洲に戻るが、廻村講話はどこでも好評で、中島郡起宿では二日間四回の講話の参加者は一万五千五百人、中島郡山崎村では五千人が集まった。また海東郡木田村は二日間で一万人が参集したと言われる。これだけの農民を集めたのは、平洲の平易で説得力のある話術の魅力と、参加者に食を給したからだが、農村の荒廃がそれだけ深刻だったからでもある。

明倫堂開校は、平洲が廻村講話をはじめた翌天明三年五月のことだ。その二カ月後、浅間山の大噴火が起こり、以後五年「天明の大飢饉《ききん》」がはじまるのである。

＊

天明二（一七八二）年正月の平洲廻村講話が予想を越える反響であったことに驚いた尾張藩は、同年四月の岐阜以後の廻村講話を全て藩の発起で行うことにしたのであった。

岐阜での三日間四回の講話に参集した者は、実に四万二千九百九十六人にのぼった。

それまでの講話は、起宿が陣屋職・加藤七右衛門磯足《いそたり》、山崎村は庄屋治右衛門、海東郡木田村は大舘高門《おおだてたかかど》といった土地の有力者による発起で行われていた。このうち、加藤磯足、大舘高門両人は、田中道麿の門人であった。

田中道麿は、同じ天明二年正月下旬、宣長宛書簡に、自身の名古屋における主だった門人十七人の名を列記しているが、その中に加藤磯足の名がある。銘記されなかったが豪農大舘高門は、藩の重臣横井千秋《ちあき》とともに門人であると同時に、道麿の後援者的人物であった。

道麿は、美濃国多芸郡榛木《はんのき》村（現・岐阜県養老町）の貧農の出身で、平洲とは違い大変な苦学をした人である。日雇い夫や籠《かご》かきまでして学を志した道麿は、通称茂七、後に庄兵衛と名乗り、故郷を出て、彦根、大坂と移り住んだ。

少年時より歌学を好んだ道麿は、彦根に住んだとき、賀茂真淵《かものまぶち》の門人大菅中養父《おおすがなかやぶ》に国学の指導を受け、『万葉集』研究にはげみ、名古屋へ移った四十代半ばには、万葉学者としてすでに一家をなしていた。

名古屋では霊岳院に住み、桜天神の社務をしながら万葉学を講義、安永六（一七七七）年七月、松坂の宣長を訪ねたときは、尾張領内に三百人ほどの門人をかかえていた。

道麿が宣長を訪ねたのは、宣長の著書『字音仮字用格《じおんかなづかい》』の一章「おを所属弁」の学説に触れたからである。

「おを所属弁」とは、日本語の五十音「ア」行の「オ」と、「ワ」行の「ヲ」が、平安末期から混乱し、「あいうえを」「わゐうゑお」とされてしまい、以後五百年以上誰もその誤りに気づかないままに過ぎてきたのを、宣長が「あいうえお」「わゐうゑを」という本来の五十音への復元を論証したものであった。

道麿は、その論証の精緻さと見事さに胸を打たれ、眼を洗われるような気持ちを抱いてはるばる松坂を訪ねたのである。道麿が五十歳を超えていたことを考えると、学究者としての初心に胸を衝かれる。

宣長もこの人物の真摯《しんし》な熱情に心動かされたに違いない。以後二人の間には他の容喙《ようかい》を許さない緊密な交流が生まれるのである。

＊

天明三（一七八三）年七月の「日記」に、本居宣長は興奮気味にこう書いている。

「朔日《さくじつ》のころより東北の方に音あり、近隣の家にからうすをふむ音のことく、どん〳〵と昼夜時々ひゝきなることやます」と。

浅間山の噴火は、松坂の地まで響いていたのである。大噴火があったのは、七月七日夜で、同じ「日記」に「戸障子ひゝき鳴けておそろしくねふりかたし」と、宣長は記している。この年東北に冷害が起こり、未曾有の大飢饉が幕を明けるのである。

名古屋の田中道麿が六十一歳で病没するのは、この天明の飢饉の最中、天明四年十月四日のことであった。

師宣長は、万葉学者として一目置いていた愛弟子《まなでし》道麿の死を哀悼する長歌を残している。「言《こと》たまの　道いそしみし道まろを　いのちしにきときくがかなしさ」（『鈴屋集』巻五）と。そして、道麿に「言霊有功老翁《ことだまいさおしのおじ》」というおくり名を贈って、その学究魂をたたえたのであった。

名古屋初の門人であった道麿の死は、宣長の新しい季節を開くことになる。というのは師を喪《うしな》った尾張の道麿門下の人々が次々と宣長の鈴屋《すずのや》門へと入っていったからである。

まず、道麿生前の天明四年、弱冠十九歳の木田村（現・愛知県美和町）の豪農大舘高門が、また翌五年には、尾張藩重臣横井千秋が入門した。で、この横井千秋こそが、九代藩主宗睦の文教政策を後盾《うしろだて》として、宣長の大著『古事記伝』四十四冊の刊行を実現させる立役者となるのだ。

横井は、明倫堂初代総裁細井平洲（愛知県東海市荒尾町出身）の儒学的藩政改革を、「漢意《からごころ》」として批判し、藩政を「自然の真心」によって改革すべきことを説いた『白真弓《しらまゆみ》』を著し、その末尾を本居宣長の尾張藩招聘《しょうへい》をうながすかたちで結んだ。『古事記伝』出版計画が具体化した二年後の天明七年のことである。

宣長の尾張藩招聘は国奉行・人見璣邑らの反対にあって実現することはなかったが、寛政元（一七八九）年二月、六十歳の賀を祝った宣長は、翌三月、息子春庭《はるにわ》、大平《おおひら》を同伴して名古屋へと講義に赴くのである。『古事記伝』刊行に尽力していた横井千秋、大舘高門ら門人の招きに応じたものであった。

寛政元年は、前年老中首座に就いた松平定信の改革が始まった年だが、書斎鈴屋の人宣長が、書斎を出、はじめて社会活動へと踏み出した記念すべき年でもあった。

＊

寛政元（一七八九）年三月十九日、松坂の鈴屋を出立した宣長は、白子、桑名と一泊して、二十一日桑名から船で佐屋へ向かい、佐屋からは津島街道を行って、途中海東郡木田村の大舘高門邸に立ち寄った。

高門は、木田村の名主大舘信勝の二男で、屋敷は津島街道筋にあり、宣長はこの後も幾度か高門邸を訪れている。高門は、道麿亡き後、宣長が尾張鈴屋門中最も懇意にし、信を置いた人物である。

このとき宣長は、高門邸に宿を取らず、その日のうちに名古屋へ入った。宿泊先は本町四丁目の書林藤屋吉兵衛邸で、二十七日まで滞在した。

天明五（一七八五）年に鈴屋へ使者を出して入門していた尾張藩用人横井千秋は、宣長の名古屋出講を依頼した人物だが、このときはじめて宣長と対面したのである。

尾張西郊祖父江を采邑《さいゆう》していた千秋は、敬神尊皇《けいじんそんのう》の思想を持ち、入門前から真淵、宣長とつながる古学に傾倒していた。

彼が宣長に大著『古事記伝』の刊行を申し出たのは、入門後間もなくのことだ。天明五年冬と推定される宣長宛の千秋書簡に、「古事記伝上本《じょうぼん》之事に付、仰蒙候御趣《おおせこうむりそうろうおんおもむき》、委細承知仕《つかまつり》候《そうろう》」とあるから、千秋の出版申し出に対し、宣長が自身の要望を伝えた返信であろう。

千秋と同時期に入門した遠州の栗田土満《ひじまろ》は、『古事記伝』版下書きを手伝い、翌天明六年からは、長子春庭も版下書きを始めている。

そして、寛政元（一七八九）年三月の名古屋出講で、『古事記伝』刊行は一挙に早まるのである。というのは、この機会を得て、新たに二十一人が鈴屋門に入門、その内九人は田中道麿の門人であったが、鈴木真実《まさざね》らの尾張藩士五人も含まれ、また、名古屋の板木師・植松有信《ありのぶ》も入門したからである。このときの入門者の中には、前出の起宿陣屋職で、『土佐日記』の研究家・加藤七右衛門磯足もいた。

こうして、尾張藩領内の有力者たちの支援を背景として、『古事記伝』初帙《しょちつ》（巻一―五）は、翌寛政二年九月刊行の運びとなるのである。六十一歳の宣長が、自賛自画像を描いた翌月のことだ。

宣長は、この像の右肩に、「これは宣長六十一、寛政の二とせといふ年の秋八月に、手つからうつしたるおのがかたなり」と記し、左肩には、「しき嶋《しま》のやまとごころを人とはば朝日ににほう山ざくら花」と自賛した。

『古事記伝』刊行を「皇神《すめかみ》ノ御恵《めぐみ》」と千秋宛に書いた宣長の歓喜の情がこの歌からも伝わってくるではないか。

＊

『古事記伝』巻一の起稿は、伊勢参拝の帰路にあった賀茂真淵との劇的な邂逅「松坂の一夜」の翌明和元（一七六四）年のことで、宣長は同じ年の一月、一期一会の師、賀茂真淵に入門している。宣長三十五歳の折のことで、実に二十六年後に出版が実現したことになる。

『古事記伝』初帙（巻一—五）の刊行は、直接には尾張藩重臣横井千秋の尽力によるものだったが、と同時に、九代藩主宗睦の文教政策に後押しされていたことを忘れてはならない。というのは、板元が、藩御用達の本屋・東壁堂《とうへきどう》永楽屋であったからだ。

東壁堂の初代永楽屋東四郎は、安永五（一七七六）年、それまで奉公していた風月堂を出て独立したのだが、最初の出版物は、安永九（一七八〇）年一月、細井平洲の後を受けて明倫堂の督学（学事を監督する人）となった岡田新川《しんせん》の『晞髪偶詠《きはつぐうえい》』で、京都の本屋との合同出版ではなく単独出版であった。

つまり、創業のはじめから、永楽屋は、藩の御用達として明倫堂のテキストとでも言うべき書物の出版を手がけたのである。二冊目の出版物は、恩田蕙楼《けいろう》『蒙求續貂《もうきゆうぞくちょう》』で、刊行は同じ年の秋、奥付には尾張藩書肆と銘記した上で風月堂孫助、永楽屋東四郎と併記されている。

こうして、永楽屋は、尾張藩の文教政策に支援されながら名古屋を代表する板元へと成長していくのである。

創業時本町七丁目（現・名古屋市中区錦三丁目一番地）にあった永楽屋は、天明七（一七八七）年春には店舗が手狭になったため玉屋町（現・錦二丁目十三番地）へと引っ越している。

ところが、永楽屋刊の国学史上記念碑的出版物『古事記伝』に思わぬ横槍《よこやり》が入った。

寛政六（一七九四）年八月、京都本屋仲間（本屋の組合組織）から『古事記』の重板（同じ内容の書物の無断出版）として訴えられたのである。

訴えたのは、当時『古事記』『旧事本紀』の版株（版権）を所有していた京都の本屋菊屋喜兵衛と永田調兵衛であった。

この訴えは、本屋行事に認められ、『古事記伝』は売り止めの裁定を受けることになる。

これは、同年八月、永楽屋ら尾州本屋たちが、藩に対し、京、大坂、江戸三都の本屋仲間の許可なく自主開板する申し出をして認められ、尾洲本屋仲間を成立させたことに対する三都本屋仲間の反発であった。尾洲本屋仲間の成立は、三都の本屋にとって、まさに一つの「事件」であったのである。

＊

繰り返すが江戸時代の本屋は、現在の雑誌、書籍の小売店ではない。「物之本屋」の略称で「物事の真理」を扱う出版社のことである。

江戸時代、出版文化をリードしたのは、教養を重んじた京都町衆であった。この京都町衆の文化は、やがて大坂、江戸へと波及してゆく。本屋仲間の成立も京が最も早く、享保元（一七一六）年で、次いで江戸が享保六年、大坂本屋仲間の結成は享保八年であった。そして、以後七十年間、これら三部の本屋仲間によって日本の出版事業は独占されていたことになる。

だから、寛政六（一七九四）年の尾洲本屋仲間の成立が、三部の本屋仲間を驚かせたのは当然であった。この年を境に、尾張書林による重板、類板事件が頻発しだすのは、三部の本屋仲間による牽制《けんせい》であった。

本居宣長の『古事記伝』と同時に、河村秀根《ひでね》の『書紀集解《しっかい》』も、『日本書紀』の重板として、「売留」の扱いを受けている。尾洲本屋の自主開板は、それだけ三都の本屋にとって出版権益の侵害であったわけだ。

寛政と言えば天明七（一七八七）年六月より老中に就任した松平定信の「寛政の改革」の時代で、出版統制も厳しく、すでにふれたように寛政三（一七九一）年三月には、山東京伝の洒落本が出版取締令に触れ、作者京伝は、手鎖五十日、板元の蔦屋重三郎は財産の半分を没収されている。

同じ年、開板販売認可を受けるために永楽屋東四郎が手を結んだ本屋こそ、この蔦屋重三郎であった。以後、永楽屋は、蔦屋とパートナーを組むことで江戸本屋仲間に認められてゆくのだ。これが、永楽屋発展のターニングポイントであったかもしれない。京都風月堂庄左衛門の出店として出発した風月堂孫助が、横井也有や、加藤暁台ら名古屋を代表する俳人の句集、俳書の出版で明和年間に活躍しながら、寛政期以降ふるわなかったのは、江戸と京、新旧の出版文化の交代を象徴している気がする。

蔦屋が、起死回生を目指して写楽の役者絵の刊行を開始するのは、尾洲本屋仲間成立の三カ月前、寛政六年五月のことであった。

＊

繰り返しになるが、松平定信の改革は、出版にも言論にも統制が厳しかった。まず、寛政二（一七九〇）年五月、幕府直轄の学問所・昌平黌《しょうへいこう》での朱子学以外の教授が禁じられた。世に言う「寛政異学の禁」である。また、寛政四（一七九二）年五月には『海国兵談《かいこくへいだん》』などで海防を論じた林子平《はやししへい》が蟄居《ちっきょ》を命じられている。

けれども、この改革の苛酷《かこく》さ故に、朝廷、将軍、大奥から反感をかい、定信は、寛政五（一七九三）年七月、罷免されることになるのだ。

前にもふれたが、蔦屋重三郎が、謎の絵師東洲斎写楽の役者絵の刊行を開始したのは、定信罷免の翌六（一七九四）年五月のことである。尾洲本屋仲間の成立は、その三カ月後のことだ。

寛政四年からの二年間、書肆《しょし》耕書堂、つまり蔦屋重三郎の許《もと》で番頭代わりを務めながら黄表紙を書きはじめていた新進の大栄山人という戯作者《げさくしゃ》がいた。山東京伝の門人で、後の読本作家・滝沢馬琴である。

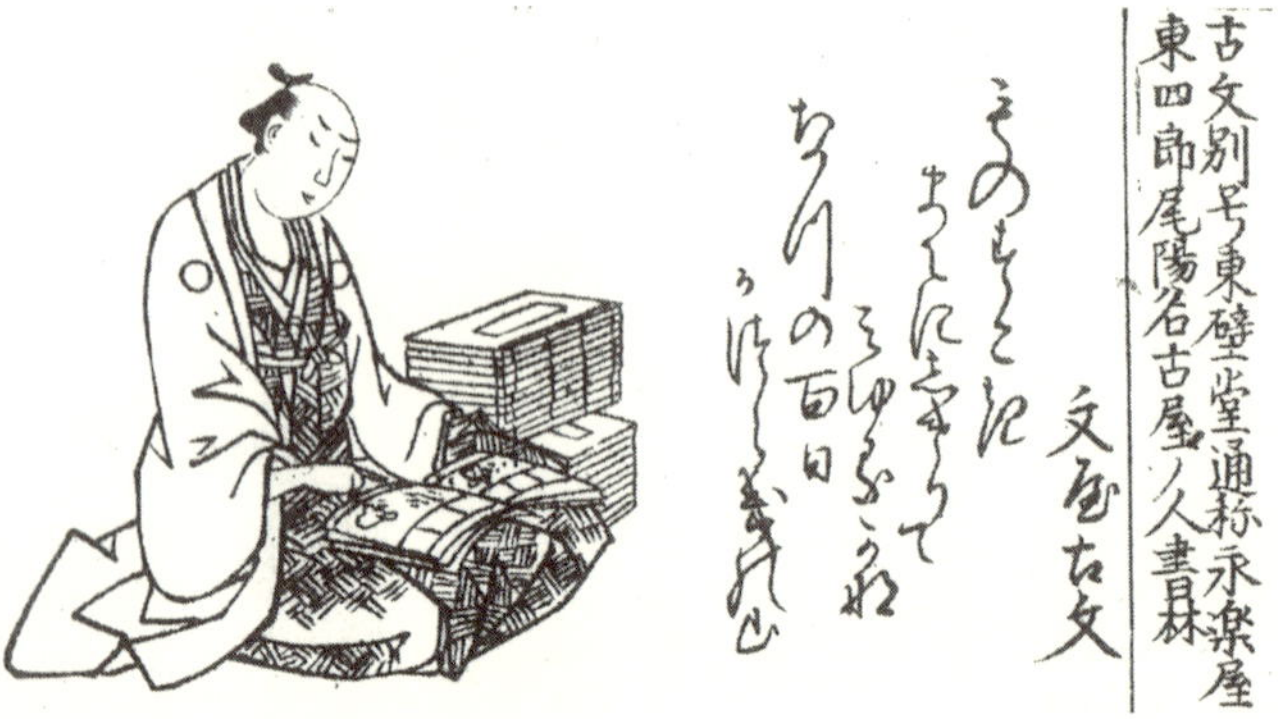

2代目、永楽屋東四郎（『狂歌画像作者部類』）。

名古屋城天守閣内に再現された永楽屋。

ところで、蔦屋重三郎と提携することで江戸本屋仲間への足掛かりを作り、尾洲本屋仲間成立に尽力した初代永楽屋東四郎直郷《なおさと》は、尾洲本屋仲間成立の翌寛政七（一七九五）年十月、五十五歳で他界した。創業から二十年目のことであった。

この初代直郷の基盤の上に、永楽屋を三都にもまれな大店《おおだな》に発展させたのは、二代目東四郎善長《よしなが》であった。濃州中島郡一ノ枝村（現・羽島市）出身の善長は、手代から養子となった人で、江戸日本橋本銀町《ほんしろがねちょう》二丁目に出店し、後に美濃大垣本町にも支店を出している。

蔦屋と手を組んだ善長が、江戸三組書物問屋仲間に加入を果たしたのは、初代直郷の死から二十年後のことである。

この間、本居宣長は、寛政四年閏《うるう》二月、『古事記伝』第二帙（巻六―十一）を永楽屋から刊行。同年三月五日には、三年ぶり二度目の名古屋出講を果たしている。このとき、宣長は、藩政改革の中心人物・人見璣邑と対面した。

横井千秋の奔走にもかかわらず、尾張藩への招聘は実現しなかったが、同じ年の十二月三日、宣長は紀州藩主・徳川治宝《はるとみ》に五人扶持《ぶち》で召しかかえられることになる。宣長がこの仕官を受諾したのは、紀州侯が、宣長の松坂在住を許したからである。

宣長が、和歌山城での最初の御前講義を行ったのは、寛政六年十一月三日のことであった。

＊

寛政年間（一七八九～一八〇一）、本居宣長は四度名古屋へ出講した。寛政元年、四年、五年、六年の四度である。

一度目、寛政元年三月についてはすでに述べたが、出講の度、新たな入門者があり、尾張の鈴屋門名古屋社中が形成されていった。

寛政元年三月の名古屋出講の折の入門者に、鈴木真実《まざね》、植松有信がいた。

鈴木真実は尾張藩士で、地方吟味役《じかたぎんみやく》、清洲代官、長囲炉裏番《ながいろりばん》などを歴任した人物で、横井千秋に協力して『玉くしげ』『直毘霊《なおびのみたま》』などの出版にかかわることになる。

植松有信は、尾張藩士・十蔵信貞の第五子であったが、父が浪人したため板木屋を業とし、『古事記伝』『玉勝間』『源氏物語・玉の小櫛《たまのおぐし》』などの出版にかかわっている。

宣長の寛政四年三月の名古屋出講は、三月五日から十八日間、眼病治療の春庭とともに滞留したが、宿舎は有信邸であった。この折の入門者の中に鈴木朖《あきら》がいた。

徂徠学派《そらいがくは》の町儒者であった腺は、宣長に入門後、国語学を継承、『言語四種論』『活語断続譜《かつごだんぞくふ》』などを著している。彼は藩儒者から明倫堂教授並《なみ》になり、天保期には明倫堂で国学を講じた。

同じ寛政四年に入門した石原正明《まさあきら》は、尾張の豪農で、後に財を失って江戸へ出、塙保己一《はなわほきいち》の「和学講談所」の塾頭となり、『群書類従』の編纂にたずさわっている。

ほかには、名古屋上材木町の材木屋で、寛政八年七月、宣長の許可を得て『出雲国造神寿後釈《いずものくにのみやつこのかんよこうしやく》』を出版した河村正雄は、寛政元年三月の入門である。

さて、三河に目を転じると、三河で最も早く宣長門下となったのは、天明四（一七八四）年入門した基地田（現・愛知県豊橋市）の神主・鈴木梁満《やなまろ》であった。ついで、梁満の子鈴木重野《しげの》が寛政元年に入門している。

寛政五年入門の吉田城内天王社《てんのうしや》神主・鈴木真重《ましげ》は、吉田藩主で老中となった松平信明《のぶあきら》の和歌の師であった。

寛政六年入門の戸村俊行《とむらとしゆき》は、八名郡大野村（現・同県新城市）の人で、元禄時代、伊藤仁斎《じんさい》に入門した戸村治兵衛俊直の末裔《まつえい》であった。

また、享和元（一八〇一）年三月入門の井本常蔭《つねかげ》は、渥美郡亀山（現・同県田原市）の人で、芭蕉の門人杜國がかつて蟄居《ちつきょ》した渥美郡大垣新田《おおがきしんでん》の三河領畠村郡《こおり》奉行であった。

常蔭の父免孔《めんこう》は、寛政元年に杜國百回忌、寛政五年に芭蕉百回忌を行った白梅下路喬《はくばいかろきょう》門の俳人であった。

＊

宣長の三度日の尾張出講は、寛政五（一七九三）年四月のことで、前二回の出講とは違い、京都出講の帰路であった。

四月十二日、京を出立した宣長は、十三日近江彦根に一泊、翌十四日は、美濃大垣の門人で材木商野口屋の主人、大矢重門邸に宿泊、十五日、尾張起宿の加藤磯足邸の歌会に出席した。その日は、そのまま磯足邸に泊まり、翌十六日、清洲の鬼頭元吉、早川文明といった門人宅に立ち寄りながら名古屋へと入っている。

この折の名古屋滞在は十日ほどで、名古屋鈴屋門の人々に歓迎された宣長は、十七日には名古屋東照宮の祭礼を見物、二十一日には舞津の歌会に出席した。また、この間に人見璣邑とも対面、別れを惜しんだ人見は、鶴の蒔絵《まきえ》の盃とともに歌を贈った。宣長が名古屋を後にしたのは、

本居宣長像（永井如雲編『国文学名家肖像集』）。

二十五日のことである。

四度目にして最後となった名古屋出講は、翌寛政六年三月二十九日からのほぼ二十日間で、このときは伝馬町通り大津町の旅宿に逗留している。

この間精力的に昼夜二度の講釈をつづけた宣長は、隔日で、志賀村の神職森筑後守の屋敷へ赴き、近隣に在住する鈴屋門の人々を集めて講義をした。

椿事《ちんじ》が起ったのは、四月八日であった。城下桑名町より出火、火はたちまち広がって大火となったのである。

宣長は、折良く城下を離れ志賀村へ出講中で難を免れ、宿泊先の旅宿も類難に遭わなかった。また、著作の板木を蔵していた板木屋植松有信宅も類焼に遭わずにすんだのである。

宣長が帰途に就いたのは四月二十二日、途中木田村の門人大館高門邸に一泊、高門の母堂六十歳を祝賀する歌を詠んでいる。

この年の十一月に、宣長がはじめて和歌山城内で御前講義を行ったことは一度ふれたが、この直後、宣長は五人扶持から十人扶持に加増されている。

こうして、宣長の社会活動は順調に進んでいったが、『古事記伝』刊行は、寛政四年閏《うるう》二月の第二帙《だいにちつ》以降、頓挫していたのである。

主な要因は、宣長の強力な後援者横井千秋が、宣長が紀州藩に仕官した同じ寛政四年十二月に致仕《ちじ》（退職）したからであった。宣長は、二女の婚家美濃の長井尚明から板木料として二百両もの大金を借用、四年後の寛政九年五月、『古事記伝』第三帙は、ようやく永楽屋から出版されたのであった。

*

寛政十（一七九八）年六月十三日、六十九歳の宣長は畢生《ひっせい》の大作『古事記伝』四十四巻を脱稿した。起筆は明和元（一七六四）年とも、同四年とも言われるが、いずれにしろ三十年余の歳月を費やした、まさに命を削るようにして刻まれた著作の完成であった。

三カ月後の九月十三日、『古事記伝』完成を祝賀する月見の宴と歌会が鈴屋で催された。

この『古事記伝』四十四巻脱稿を期して、宣長は、自身の死の準備をはじめる。

まず、半月後の六月二十六日、宣長は本居家と自身の来歴を記す『家のむかし物語』を書き始めている。これは、子孫に向けて本居家の祖先の履歴を伝える宣長の遺書と見てよいだろう。つづいて、十月十三日、もうひとつの著作『うひ山ぶみ』を宣長は書き上げた。こちらは、弟子たちに促されたかたちだが、後進の古学を志す初心者へ向けての宣長の遺書のようなものだ。

宣長はこの清書原稿を十月二十六日から自身で版下書きをし、十一月三日に二十枚を、残りの二十三枚を十一日に、それぞれ板元の永楽屋へ送っている。

翌寛政十一年三月十六日、宣長の七十賀が、三井の別邸畑屋敷で開かれたが、その前月には、四十四歳になった門弟稲掛大平《いながけおおひら》を養子に迎えている。かくて、宣長は自身の死後の準備に入るのである。

翌十二年一月、宣長は、自分が長年愛用した鈴屋の文机を、養子大平に譲った。後は、『遺言書』を残すばかりとなった。

同じ年の夏七月、宣長は、長子春庭と次子春村に宛て、送葬、墓地、法事その他の細部を、実にこまごまと『遺言書』にしたためた。そして、『遺言書』執筆の二カ月後の九月十七日、彼が愛した山室山へ赴いて自身で墓所の選定をするのである。

わたしは、宣長が没年の享和元（一八〇一）年三月、最後の花見をした山室山を桜の季節に訪れてみた。宣長は、『遺言書』に書いている。「他所他国人」が墓を尋ねたならば、山室山妙楽寺の墓地を教えよ、と。わたしは、その遺言に従ったのである。

山室山は小高い丘のような山だが、苔《こけ》むした石段を山頂まで登ると息が切れた。途中木々の間に淡い山桜を望見したが、「本居宣長之奥津紀《のおくつき》」の後に植えられた山桜は、まだ開花してはいなかった。

*

『古事記伝』完成後、自身の死の準備に入った宣長も社会活動をやめたわけではなかった。寛政十一（一七九九）年一月と、翌十二年十一月、二度和歌山へ出講しているし、没年の享和元（一八〇一）年三月には京へも出講している。

山室山へ最後の花見に出かけたのは、享和元年三月一日、前年十一月からの和歌山滞在から帰郷し、三月二十八日に京へ出立する間のことである。自身の墓所と決めた山室山の山桜は、七十二歳の宣長の眼にどのように映っていたのだろうか。

この年、宣長には悲しい出来事がつづいた。五月二十三日、妹宮崎俊が六十二歳で他界、また、名古屋の門人で『古事記伝』刊行の功労者横井千秋が七月二十四日没したからだ。

そして、九月十八日、病を発した宣長自身が、十日余りの病臥《びょうが》の末、九月二十九日早朝帰らぬ人となるのだ。

宣長の死のとき、門人の数は四百八十八人。死の直後、伴信友《ばんのぶとも》の入門願いが届き、伴は没後の門人ということになった。

二十九歳のときから『古事記伝』板刻に従事してきた門人植松有信が、宣長からの最後の手紙を受け取ったのは九月二十八日ごろで、病状を伝えるその文面に驚いた有信は、河村正雄を誘って松坂へ向かったが、十月一日夜半有信が到着したとき、宣長はすでにこの世の人ではなかった。二日の葬儀に参列した有信は、そのまま一週間山室山の庵室に籠って師を追慕し、『山室山日記』を残している。

宣長生前には、第四帙《だいよんちつ》までしか出版できなかった『古事記伝』は、文化十（一八一三）年ようやく第五帙の刊行を見るのだが、同じ年の六月二十日、板木師・植松有信が五十六歳で他界する。半生を『古事記伝』板刻にささげた人生であった。

その後、『古事記伝』は、文化十四（一八一七）年に第六帙、文政三（一八二〇）年に第七帙、文政五年に第八帙を、すべて二代目永楽屋東四郎善長の手により刊行された。で、ここに全四十四冊の出版が完結するのである。

横井千秋の尽力で板刻に取りかかったのが天明六（一七八六）年八月であるから実に三十七年、永楽屋二代を掛けての一大プロジェクトであった。

寛政十（一七九八）年六月、宣長が全巻脱稿を終えてからでも、二十四年の歳月が経過していた。長子の春庭、横井千秋、植松有信らをはじめ、五百人近い鈴屋門の人々がこの出版を支えたのであった。

二、滝沢馬琴と貸本屋大物

山室山山頂、山桜の下で眠ることを望んだ本居宣長が没した享和元（一八〇一）年五月、三十六歳の滝沢馬琴は、京阪に向けて江戸元飯田町中坂下の自宅を出発した。

手代として働いた書肆・蔦屋重三郎の許を出て、会田百《あいだひやく》と結婚してから十年目のことだ。読《よみ》本《ほん》作家としても認められ、すでに一男三女の父でもあった馬琴は、この三カ月半の旅で作家としての幅を大きく広げるのである。

五月九日、馬琴は傭僕《ようぼく》の文助を従えて自宅を出立、神奈川宿までは戯作者山東京伝が見送っている。一泊、翌十日朝、京伝と別れるのだが、馬琴の旅囊《りよのう》には、京伝の書画幅が百枚余りも納められていた。旅先で売り歩き、路銀に替えるためである。また、京坂の知人に宛てた戯作者大田《おおた》南畝《なんぽ》の紹介状も何通かたずさえていた。

馬琴は、東海道を上って遠江（静岡）、三河を経由し、六月、名古屋へと入った。名古屋では、馬琴は守随家《しゆずいけ》の珍本『水滸後伝《すいここうでん》』の目録を写したりしている。

馬琴が、長島町五丁目西側（現・名古屋市中区錦二）の貸本屋胡月堂《こげつどう》を訪れたのは、六月二十七日のことだ。

この京坂への旅を描いた随筆『羇旅漫録《きりよまんろく》』「名古屋の評判」の項に、馬琴が「書肆は風月堂、永楽屋、貸本屋は胡月堂」と書き記した、その「胡月堂」大惣《だいそう》である。

大惣は、大野屋惣八の略称で、初代江口某が、知多郡大野港（現・愛知県常滑市）の出身であったところから、大野屋を屋号としたと言われている。

無類の本好きであった初代が、大野港から名古屋舟大町へ出て酒屋を開業したのが元禄年間（一六八八―一七〇四）であった。二代目新六も父に劣らぬ本好きで、宝暦四（一七五四）年九月に薬屋を兼業しながら、分野を問わず書籍を買い求め、好事家たちのサロンとなっていった。

で、貸本屋大野屋惣八の創業は、明和四（一七六七）年九月、三代目富太郎のときである。貸本屋の屋号を胡月堂としたのは、名古屋でもっとも格が高いとされていた書肆風月堂にあやかったのだ。

貸本屋胡月堂の創業は、富太郎三十七歳のときで、奇しくも読本作家滝沢馬琴の生まれた年であった。

馬琴が胡月堂大惣を訪れたとき、初代惣八富太郎は、七十三歳でまだ壮健であった。他界するのは、文化八（一八一一）年、八十四歳のときである。馬琴の代表作・読本『南総里見八犬伝』の刊行開始は、その三年後、文化十一（一八一四）年のことだ。

＊

享和二（一八〇二）年六月、京坂への旅の途中、馬琴は名古屋に十五日間滞在した。

六月二十七日、貸本屋大惣を訪れたとき、馬琴は神谷剛甫《ごうほ》を同伴していたから、主人初代惣八翁とは約束ができていたのだろう。

『南総里見八犬伝』第三輯巻之四「浜路と犬山道節」（早稲田大学図書館蔵）。

この日馬琴は老主人の依頼に応えて今で言う広告文「伏稟《ふくひん》」を書いている。

古人、琴・書・酒の三を以《もつて》、友とす。しかれとも酒は下戸にめいわくさせ、琴はゆるしに黄金をしてやらる。只《ただ》、書のミ貴賤《きせん》となく、友とするに堪《た》りといへと《ど》も、又、書籍にも往々得かた《が》きありて、高價《こうか》に苦しむものあり。夫、一月雇の女房、後はらをやます。十日切《きり》のかし本、紙《し》魚《み》のわつ《づ》らひなし。尤《もつとも》かりて損のゆかさ《ざ》るもの、ゆふ立の庇《ひさし》、雨の日のかし本。

以上が、「伏稟」の全文だが、「かりて損のゆかさるもの、ゆふ立の庇、雨の日のかし本」という結びなど、戯作者馬琴の面目を表している。「伏稟」にあるように貸本は十日期限であったが、この当時一定の見料を取ってはいなかった。客の志にまかせていたのである。大惣が一定の見料を決めたのは、創業八十年余りたった弘化二（一八四五）年、二代目惣八の代になってからだ。

「江戸　曲亭馬琴識」と署名された馬琴直筆のこの「伏稟」は、表装されて胡月堂大惣の店頭に明治までかかげられていた。

これは、風月堂孫助の初代夕道が、芭蕉から贈られた真蹟懐紙を、本屋としての精神的支柱としたのに似ている。馬琴は、この「伏稟」の謝金として惣八から銀一両を受け取っている。

名古屋滞在中、馬琴は幾度も大惣の暖簾《のれん》をくぐった。名古屋文人、画家たちのサロンとなっていた大惣が気に入ったのであろう。惣八は、馬琴に蔵書を見せ、馬琴が探している古書を探してやったりした。

文化五（一八〇八）年、尾張には六十二軒の貸本屋があったが、大惣は尾張随一の蔵書を誇っていた。全国には、六百五十六の貸本屋が加盟する十二の組合があった。同じころ名古屋の本屋は二十六軒であったことを考えると、文化、文政期のジャーナリズム（出版文化）が、貸本屋の繁栄によって新しい季節を迎えていたことが分かるのである。

大惣が出版も手掛け、日本一の貸本屋へと成長するのは、文化八（一八一一）年初代惣八の没後、四男清次郎が二代目惣八を名乗ってからであった。

*

馬琴が読本作家として本格的に活動をはじめるのは、享和二（一八〇二）年五月から八月へかけての京坂への遊歴を終えた後であった。

半紙形読本『月氷《げつぴよう》奇縁《きえん》』の文化元（一八〇四）年の刊行を皮切りに、翌年には『稚枝鳩《わかえのはと》』を刊行、つづけて文化四年、代表作となる『椿説弓張月《ちんせつゆみはりづき》』全編六巻を刊行するに至って山東京伝と並ぶ読本作家の地歩を築くことになる。

その馬琴が読本界を背負う存在となるのは、文化十一（一八一四）年、大著『南総里見八犬伝』初輯《しよしゆう》五巻を刊行してからである。

滝沢馬琴像（永井如雲編『国文学名家肖像集』）。

以後二十八年間にわたる全九集九十八巻、百六冊の気宇壮大な伝奇小説の刊行がこのときからはじまるのである。馬琴はこの年四十八歳、完結したのは、天保十三(一八四二)年、七十六歳のことであった。

かつては師でもあり、読本界を二分していた京伝は、馬琴の『南総里見八犬伝』刊行を機に読本の製作を断念、二年後の文化十三(一八一六)年九月七日、享年五十六歳でこの世を去った。

『南総里見八犬伝』が刊行を開始した文化十一年、貸本屋大惣は二代目に入っていた。

当時、読本の値段は数冊を帙《ちつ》に入れたもので、銀十五匁から二十六匁ほどであった。『南総里見八犬伝』の刊行部数は七百部ほどと言われるから、板元は完売すれば銀三千数百両の収入になる計算だが、作家への支払いは印税ではなく、原稿料払いであった。

また、このころ中堅の貸本屋は全国で七百店ほどであったから、読本の出版部数は、この貸本屋数とほぼ重なるのである。

馬琴が名古屋に滞在したとき、大惣へ何度も立ち寄り、貸本業に親近感を抱いた理由が、こうした数字を知ることで判ってくる。

馬琴は、それまでの戯作者と違い、文化、文政期に成熟した江戸の出版ジャーナリズムが生んだはじめての職業作家であったと言っていい。つまり、彼は自身の筆一管で家族の生計を支えつづけたのである。

その馬琴にとって急増した貸本業者は、読本、黄表紙などの販路を保証する存在であると同時に、作家と読者とをつなぐ強力なサポーターでもあった。

大惣の貸本は十日間を期限として、本の種類によって一冊六文から三十文ほどの見料であった。この安価な見料が、多くの読者を開拓していったのである。

大惣の蔵書は、幕末のころでは一万冊を超えていたと言われ、細野要斎が作成した『胡月堂蔵書目』が残されている。

＊

馬琴が、渡辺崋山を知ったのは、文化六（一八〇九）年のことで、このとき馬琴は四十三歳、崋山は、十七歳であった。馬琴は長子鎮五郎《しずごろう》の画友としての崋山を知ったのである。

馬琴は、文化二年、九歳の鎮五郎を、谷文晁《たにぶんちょう》門下の画家金子金陵に弟子入りさせた。その金陵に、崋山は四年遅れて入門、鎮五郎より四歳年長の同門となった。

この年より、ほぼ三十年に及ぶ馬琴と崋山の交友がはじまるのである。同門でありながら、崋山と鎮五郎（画号・琴嶺）との交友は、父馬琴よりむしろ淡かった。

後年崋山は、『心の掟』という文章の中で、他の二人とともに馬琴の名を挙げ、「此三人は閲見を広め、書籍等借用致し益友なり」と記している。二人はたびたび貴重な書籍を貸し合い、とき

渡辺崋山「滝沢琴嶺肖像」。

にはゆずり合ったりしている。

元来人とのつき合いを嫌った馬琴が、年少の崋山との交友を大切にしたのは、その人柄が気に入ったからだが、もう一つは、小藩とはいえ、崋山が三洲田原藩江戸家老の息子だったからであろう。そして、馬琴は、何よりも崋山の画才を認めていた。

文政元（一八一八）年、随筆『玄同放言《げんどう》』の挿画を崋山に依頼した馬琴は、同じ年十月二十八日付鈴木牧之宛《すずきぼくし》の手紙に、こう書いている。「（崋山は）悴《せがれ》より十二分のうハてに候。悴などが筆ハ、画にては無之候《これなくそうろう》」と。

馬琴が将来を期待した琴嶺は、同じ年、神田同朋町で医業を開き、号も宗伯と改め、文政三（一八二〇）年には松前侯（志摩守章広《しまのかみあきひろ》）の抱え医師となり、紀洲藩家老三浦将監の医師土岐村氏の娘・路《みち》と結婚、一男二女をもうけるが、生来病弱で天保六（一八三五）年五月八日、三十八歳の若さで他界した。

五月七日、我が子の死を覚悟した馬琴は、幼い孫たちに父の肖像を残してやりたいと思い、その旨をしたためて、三宅坂田原藩邸の崋山の許へ手紙を届けるよう、娘婿清右衛門に指示した。けれども、その手紙が届けられたのは八日早朝であった。あいにく不在であった崋山は、翌九日午後三時過ぎ馬琴の許を訪ね、崋山は琴嶺の遺骸と対面するのである。焼香をすませた崋山は、その場で琴嶺の死顔を写して帰った。

崋山の描く正座した滝沢琴嶺像が完成したのは、天保七年一周忌に近い五月七日であった。絹本のその肖像画の右下端には、日付の下に、「友人渡辺登迫真」と書かれている。

*

天保二（一八三一）年八月二十九日の「日記」に、馬琴はこう書いている。「今日来客なし、尤《もっとも》閑寂よろこぶべし」と。馬琴の厭人癖をよく伝える呟きだ。

几帳面で小心でもあった馬琴は、一方では誇り高く、器用に他人と交際することができなかったらしい。心を許して交友した人物は数少なく、渡辺崋山はそうした友人の一人であった。

崋山の師であった谷文晁との交友は、馬琴が還暦を過ぎた文政九（一八二六）年からはじまっている。

馬琴が本当に心を開いてて語り合ったのは、遠方の友人との文通によってであった。伊勢松坂の愛読者殿村篠斎《とのむらしょうさい》、小津桂窓《おづけいそう》、高松藩の家老木村黙老《もくろう》との数十通に及ぶ長文の手紙が残っている。とりわけ宣長門下であった殿村宛の手紙は多く、三十四通もあり、大正九（一九二〇）年五月、松坂の大堀内輪雄快堂の手によって刊行されている。

馬琴は、殿村宛の手紙で、自作について、同時代の著作物について、また、自身の近況について、実に克明に書き送っている。

たとえば、文政七（一八二四）年一月六日付の手紙では、原稿料についてこんなふうに書いている。


よみ本の潤筆《じゅんぴつ》を増して書くがよからう申仁《もうすじん》も候《そうろ》へども、当時の勢にては、潤筆をまし候とも、否と申候板元はあるまじく候得ども、左様にては貪《むさぼ》るに当り、彼之《かれこれ》を戒め得在《うる》という聖教を忘るゝに似たり、所詮不善不取の廉にます事あるべせりずと思ひ決め候。


文面は、読本の原稿料を高くしてもらったらよいだろうという人がいて、無論要求すれば嫌だという板元はないだろうけれども、それでは、貪欲にすぎるではないかと言っているのである。

武門の出であった馬琴らしい潔癖さが現れていて面白い。質素倹約の人ではあったが、馬琴は決して利をむさぼる人ではなかったのだ。

天保十（一八三九）年五月、友人崋山が、北町奉行によって揚屋《あげや》入りを命ぜられたいわゆる「蛮社《ばんしや》の獄《ごく》」については、馬琴は、八月十六日付殿村宛の手紙にこう書いた。

その職にもあらぬ御国の大事を、己の位のごとくこゝろ得たる悞《あやまち》にて、不測の罪を得たるべし。

崋山は、己が職分を越えたため罰せられたというのである。けれども、蟄居中の田原での崋山の自刃を遅れて知った馬琴は、「崋山、老母あり、妻あり、娘あり、何《いず》れも薄命の至りや。痛むべし」と、「日記」に悲痛な哀惜の言葉を残している。

三、北斎漫画

葛飾北斎が馬琴と組んだ最初の仕事は、黄表紙『花春《はなのはる》虱《しらみの》道行《みちゆき》』で北斎がまだ勝川春朗《はるのぶ》を名乗っていた寛政四（一七九二）年のことだ。

二十六歳の馬琴は、この年の三月から書肆耕書堂で手代をしながら、山東京伝門人大栄山人として戯作者の第一歩を踏み出して間がなかった。馬琴が曲亭馬琴の号を用いるのは、翌寛政五年からである。

浅草菴『画本東都遊』中より、北斎画による耕書堂軒先（早稲田大学図書館蔵）。

一方、北斎はこの年、三十三歳。最初の師、勝川春章《はるあき》が六十七歳で他界し、転機を迎えようとしていた。

この二人を結びつけたのは、耕書堂主人・蔦屋重三郎であったろう。

その蔦屋重三郎が、謎の浮世絵師・東洲斎写楽の役者絵百数十枚を売り出して、江戸市中の話題をさらったのは、寛政六年から七年にかけてである。

同じころ、師・勝川春章没後の北斎は、自身の画法を拡げるべく、狩野融川《ゆうせん》に入門したりしながら、狩野派、土佐派の画法を自身のものとしようとしていた。

北斎が、北斎の号を用い始めるのは、寛政八（一七九六）年以降のことだが、その直前、彼は二代目俵屋宗理《たわらやそうり》を襲名している。

そして、「画狂人《がきようじん》」を名乗り出した寛政十二（一八〇〇）年前後、北斎は、黄表紙の挿画だけでなく、自身でも戯作に手を染める。筆名は群馬亭、是和斎《これわさい》、時太郎可候《かこう》で、どれも画号としても用いられている。この頃、自作自画の黄表紙を、北斎は何作も刊行したのだ。

時太郎は、宝暦十（一七六〇）年九月二十三日、江戸・本所割下水《ほんじよわりげすい》に生まれた北斎の幼名で、山東京伝と同年生まれであった。

「可候《かこう》」は、書簡文の末尾に武士が書く決まりの文句「べくそうろう」で、貧困にあえぎながらも虚勢をはって生きている自身を自嘲《じちょう》しているのであろう。

可候作の戯作では、『竈将軍勘略巻《かまどしょうぐんかんりゃくのまき》』が大評判を取った。結末の「舌代《ぜつだい》」で、「あしき所は曲亭馬琴先生へ御直し下されそうろうよう」とあり、宛名は「蔦屋重三郎様」となっている。

享和元（一八〇一）年、伊勢松坂で本居宣長が没し、翌二年五月、馬琴が三カ月余りの京坂への長旅に出たことはすでに述べた通りだ。

馬琴は、この旅で戯作者として貴重なものを得たはずで、四年後の文化三年、四十歳を機に手習いの師匠をやめ、筆一管で立つ覚悟を決めるのである。その飯田町中坂の馬琴邸へ、同じ年の春、四十七歳の北斎が転がり込んだ。

*

飯島虚心『葛飾北斎伝』の「叙」に、重野安繹《やすつぐ》はこう書いている。

画工北斎は畸人《きじん》なり。年九十にして居を移すこと九十三所。酒を飲まず、煙茶を喫せず。其の技大いに售《う》るるも赤貧洗ふが如く、殆《ほとん》ど活を為《な》す能《あた》はず。今此の伝を読むに、一生の行為、驚くべく笑ふべく、憫《あわれ》むべく感ずべし。

文化三（一八〇六）年春から夏へかけての四カ月ほどを、北斎は飯田町中坂（現・東京都千代田区九段北）の馬琴邸に居候をする。それが生涯九十三回の転居に数えられるのかどうか。当時北斎が住んでいたのは本所林町三丁目甚兵衛店の長屋であった。

北斎の転居癖は、夥しい画号の改変癖とともに、安住を嫌い、常に自己変革を己に課した北斎の心急く生き方をよく現している気がする。

馬琴邸に転がり込んだ北斎が描いたのは、読本馬琴訳『新編水滸画伝』（初編）の挿画であった。

馬琴との読本共作は、すでに『小説比翼文』からはじまっていて、それまで黄表紙、狂歌本の挿画が多かった北斎は、文化年間へ入るや精力的に読本の挿画に取り組むのである。

馬琴と北斎の共作のピークは文化四年正月で、代表作『椿説弓張月《ちんせつゆみはりづき》』前編六冊をはじめ七種の読本三十五冊を刊行している。ということは、制作は、馬琴邸に居候していた文化三年中であったことになる。実に驚くべき制作量と言わなければならない。

けれども、個性の強い二人の共作は、決して順調に進んだわけではなかった。まず、『新編水滸画伝』の挿画で対立したとき、板元の角丸屋甚助は、同業者の寄合に諮り、表題に「画伝」とあるので北斎の主張を入れて、後半の訳者を高井蘭山に変えて進めざるを得なかった。

また、約四年の歳月を費やし、両者にとって読本制作の代表作となった二十八巻二十九冊の『椿説弓張月』は、文化八（一八一一）年になってようやく完結するのだが、二人の制作上の対立確執も頂点に達し、ついに絶交にいたるのである。

この絶交事件と機を一にするようにして、北斎の読本制作は終息へと向かってゆく。北斎が次に手掛けるのは、絵手本であった。

その最初が、文化七（一八一〇）年正月、蔦屋重三郎が上梓した絵手本『己痴羣夢多字画尽《おのがばかむらむだじえづくし》』である。これと並行して、北斎は新しく「戴斗《たいと》」の号を使用しはじめるのだ。

北斎が名古屋を訪れたのは、彼の関心が絵手本へと移った文化九年秋のことであった。

＊

北斎が、はじめて尾洲名古屋の地を踏むのは、文化九（一八一二）年、五十三歳の秋のことだ。この年、いわば江戸の絵画教師として絵手本『略画早指南《りゃくがはやおしえ》』初編を刊行した北斎は、生涯初の関西旅行に出発、帰路名古屋に滞留したのである。

名古屋で北斎を歓待したのは、牧助右衛門信盈《のぶみつ》という百五十石取りの尾張藩士で、号を墨僊《ぼくせん》といった。名古屋城下鍛冶屋町に住む墨僊は、自身の居宅を北斎の宿に提供、同時に北斎の門人となった。墨僊は、熱烈な北斎の支持者で、江戸詰のとき、喜多川歌麿に入門、歌政《うたまさ》の号を持つ浮世絵師でもあった。

この折の名古屋滞在が何日ほどであったかははっきりしないが、尾洲本屋永楽屋東四郎の提案で、絵手本第二弾『北斎漫画』初編の下絵を描いたのは確かなことだ。

北斎と永楽屋を結びつけたのは、江戸の蔦屋重三郎であったろう。無論、牧墨僊も永楽屋東四郎と懇意であったにちがいない。

いずれにしろ、東都の人気絵師・葛飾北斎の名古屋入りは、尾洲の本屋、貸本屋、文化人たちの話題をさらったことは確かだ。

そして、少年時代、貸本屋の小奴として働いた経験を持つ北斎が、日本一の蔵書を誇る胡月堂大惣を訪れたと想像することは間違ってはいないだろう。と同時に、文化サロン大惣に集う文人や画家たちと交流を持ったにちがいない。とりわけ、『尾張名陽図会』の著者、猿猴庵こと高力種信とはこの折に知り合ったのではないだろうか。高力は、墨僊の画友であり同じ尾張藩士で、馬廻り役から大番にまで進んだ人物だが、尾張の地誌、風俗を記録した著作で知られている。後に『尾張名所図会』の挿画を担当する小田切春江《しゅんこう》は、高力種信の弟子だ。

北斎が墨僊の家で下絵を描いた『北斎漫画』初編が永楽屋から刊行されたのは、二年後の文化十一（一八一四）年のことであった。

同じ年、北斎と絶交した滝沢馬琴の代表作『南総里見八犬伝』第一輯が、柳川重信の挿画で刊行されている。

「目に見心に思ふところ筆を下《おろ》してかたちをなさざる事なき」とは、『北斎漫画』第三輯の序に書かれた大田《おおた》蜀山人《しょくさんじん》の言葉だ。

読本の挿画とは違い、本文の制約を受けることなく、眼にふれる森羅万象の形姿を、当代の天才絵師北斎は、自由闊達に描き出して見せたのである。

好評を博した『北斎漫画』は、第二編を北斎改め葛飾戴斗の署名で、翌文化十二（一八一五）年、やはり東壁堂永楽屋東四郎から刊行された。

＊

文化九（一八一二）年秋、北斎が名古屋鍛冶屋町の墨僊邸に何カ月滞在したかははっきりとしない。

『北斎漫画』初編三百余図の版下絵を描いたとすれば、同年師走近くまでいたのではないだろうか。とにかく、翌十年二月六日には、北斎は、江戸から墨僊宛てに新年の挨拶状を送っているのである。

絵手本『北斎漫画』は、二編以降、毎年一冊か二冊、ほぼ定期的に刊行され、文政二(一八一九)年、第十編を出して、一応、当初の計画を終了する。

けれども、続刊を希望する読者が多く、結局十五編までつづくのである。完結したのは、北斎没後三十年目の明治十一(一八七八)年で、板元の永楽屋東四郎も四代目善功になっていた。

絵手本とは、もともと門人に与えるための肉筆の教本である。それが板元によって出版されるにいたったのは、文化年間に入って北斎の門人が急増したこと、読本挿画画家としての北斎に熱烈な私淑者が多かったからである。門人は、孫弟子も入れ、ピーク時で二百三十人余りと言われ、私淑者は、その何倍かであったろう。

名古屋の主な門人は、居宅を宿舎として提供した牧墨僊を筆頭に、牧の門人で、やはり百五十石取りの尾張藩士であった沼田月斎、本業は大工であった東南西北雲、履歴不詳の北鷹ら数人であった。とりわけ牧墨僊は名古屋画壇の中心的存在で、高力種信とも画友であった。また、沼田月斎は、文政八年、『絵本今川状』を刊行した人物である。

文化十四（一八一七）年春、北斎は二回目の関西旅行を敢行。再び名古屋へ立ち寄った。永楽屋の要望による『北斎漫画』版下制作のためで、滞在は半年に及んだ。

このときも鍛冶屋町の墨僊邸を宿舎としたが、当時永楽屋で小僧をしていて後に別家した永楽屋佐助の証言によると、途中からは花屋町（現・栄三丁目）の借家にいたらしい。

小僧として、版下絵をもらい受けに行くだけの佐助の眼には、敷きっぱなしの床の横で制作に没頭する五十八歳の北斎は、ただの薄汚れた老人としか映らなかったにちがいない。

このとき、北斎が描いていたのは、八編の版下絵であったろう。その八編の序に緯山漁翁は、こう書いた。

戴斗《たいと》翁劫より画癖あり唯食唯画而巳《のみ》遂にもて葛飾一風を興して画名世に高し於茲《ここにおいて》其門に入《いり》て技を学ぶ者多し翁これに教えて曰《いわく》画に師なし唯真を写事をせば自ら得べし。

『北斎漫画』によって北斎は、葛飾一風を世に示したのである。

*

文化十四(一八一七)年、二度目の名古屋滞在の折、北斎は、城下の人々を驚かせる一大パフォーマンスを行った。百二十畳敷き(縦十八メートル余、横十メートル余)の紙の上に達磨《だるま》の大画を群衆の前で描いて見せたのである。

この一大イヴェントの詳細は、猿猴庵こと尾張藩士高力種信が『北斎大画即書《そくしょ》細図』に図入りで紹介している。板元は永楽屋東四郎である。ということは、このイヴェントのプロデューサーが二代目永楽屋東四郎善長であったことを物語っている。

ところが、北斎にとって、群衆の面前での大達磨制作は、これがはじめてではなかった。文化元(一八〇四)年四月、四十五歳の北斎は、江戸音羽の護国寺境内で、やはり百二十畳の紙の上に、達磨半身像の大画を描いていたのである。このパフォーマンスの反響に気をよくした北斎は、江戸の本屋と組んで本所合羽《かっぱ》干場では馬を、また両国回向院では布袋の大画を描いてみせた。つまり、文化十四年の名古屋の大達磨は、四度目のパフォーマンスであったのだ。

高力猿猴庵種信『北斎大画即書細図』（名古屋市博物館蔵）。書店にポスターが貼られている様子。

日時は、十月五日早朝、場所は西掛所（西本願寺別院）の東庭であった。板元は事前にチラシを板行、書林という書林の店頭に配っておいたから、貴餞《きせん》老幼の見物群衆は夥しい数にのぼった。『北斎大画即書細図』の序に、墨僊は書いている。「門前町の人通り、櫛の歯を引くが如し」と。

百二十畳の紙は、合羽職人が元重町《もとしげ》の理相寺《りそう》でつぎ足して作ったものである。紙の下には籾《もみ》がらが敷いてあった。集合所の軒に添って杉丸太の木組みが作られていて両端の丸太の先端には滑車が仕かけてあり、料紙の上方につけられた軸に細引の綱をつけ、滑車で引き上げられるようになっていた。画が完成すれば引き上げるためである。

両側を夥しい群衆が囲む中へ、北斎は襷《たすき》を掛け、袴《はかま》の裾《すそ》を高く上げて現れた。門弟二人がそれに従う。

筆は、藁一把ばかりのものを面相筆とし、蕎麦がらを一からげにしたものを毛や髪などを描く毛書とした。

昼過ぎより描きはじめた画は、まず鼻を、次に左右の眼、つづけて口、耳、頭と描きすすめられ、毛書で月代《さかやき》、髷《まげ》を描いた後、しゅろ箒に薄墨をつけて隈取りとした。次ぎに代赭《たいしゃ》色を淡く、

北斎のパフォーマンスを知らせるポスター。『北斎大画即書引札』（名古屋市博物館蔵）。

やはりしゅろ箒でのばすのである。大画が小車で引き上げられたのは夕刻であったという。

＊

文化十四（一八一七）年十月五日、観衆を集めての一大パフォーマンスは、大反響のうちに終わった。畳百二十畳の厚紙に描かれた達磨の半身像が、滑車の音を響かせながら引き上げられたとき、群衆のなかから沸きあがったどよめきと嘆声とが聞こえてきそうだ。

主催者永楽屋にとっても、このイヴェントは、『北斎漫画』の宣伝に大いに役立ったろう。しかも、永楽屋は、文化元年十二月から製墨業も行っていて、尾張藩製墨御蔵元の名目を賜っていた。これは、名古屋における製墨の最初で、墨を大量に使用する大達磨画のイヴェントは、製墨の宣伝にもなったにちがいない。

翌六日は朝から杉丸太を組直し、大達磨を終日公開した。画の左端には「文化十四丁丑《ひのとうし》十月五日　大画席上　東都ノ旅客　北斎戴斗《たいと》筆」と記されていた。

ところで、『北斎漫画』の刊行は、初編より奥付に「江戸麹町平川町二丁目　角丸屋甚助、尾洲名古屋本町七丁目　永楽屋東四郎」とあり、江戸の本屋角丸屋甚助との合板のかたちになって

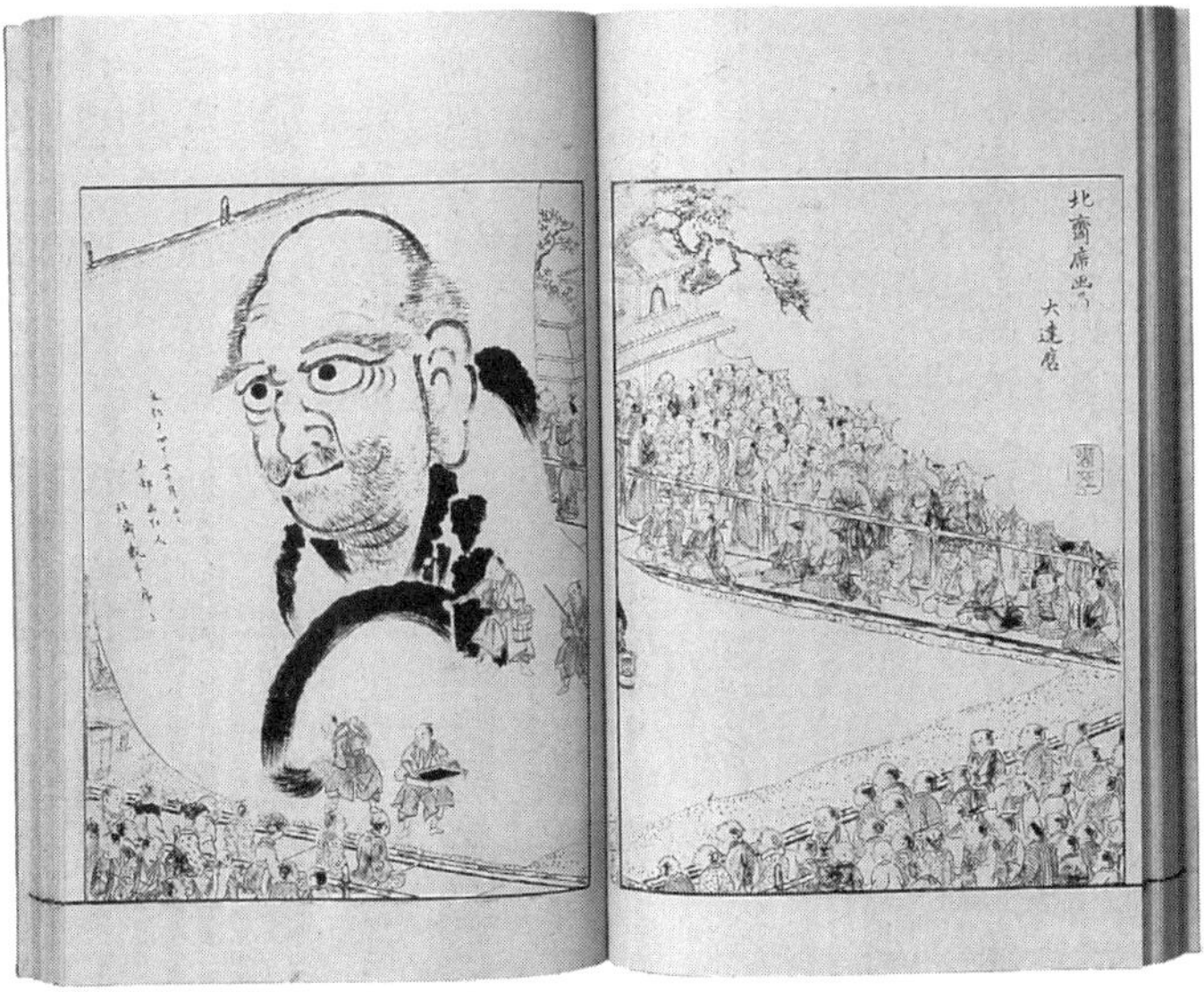

小田切春江編『小治田之真清水』(明治初年成立、昭和五年刊。名古屋市博物館蔵)。催しの様子を後に描き直したもの。

いる。けれども、朱印は「東壁堂」の印だけである。

この謎を解く永楽屋東四郎の証言が残っている。それはこうだ。永楽屋東四郎の商標では、どうしても田舎版と見下げられるので江戸に角丸屋甚助という幽霊書肆《しょし》を作ったというのである。永楽屋の商標は四角を丸で囲んだ中に「永」の字をあしらったものであった。つまり、『北斎漫画』十五編は、実質的には尾州本屋永楽屋東四郎による単独出版であったことになる。

北斎は、十月五日の一大パフォー

マンスの後、あまり日を置かないで名古屋を出立したのではないだろうか。旅程は、名古屋からまず伊勢へ入り、伊勢から紀州を廻って大阪、京都へと歴遊したものと思われる。

ここで再び永楽屋佐助の回顧談にふれるが、花屋町の家へ版下絵を受け取りに通っていたとき、「先生はいつごろ江戸へお帰りですか」と小僧の佐助が尋ねると、「己《おれ》はもふ江戸へは帰らぬよ、此《この》名古屋は洵《まこと》によひ所で、己の身体《からだ》には時候も飲食物《くいもの》もよくかなって居るから、名古屋は死場所《しにばしょ》だな」などと北斎は応えたそうである。これを聞いて佐助は何となく嬉しくなったが、それから間もなく、北斎は急に伊勢へと旅立ってしまったという。

『北斎漫画』は、すでに北斎存命中から、シーボルトの大著『日本』をはじめヨーロッパの出版物に転載されジャポニスムの端緒を開くことになるのだ。

*

虚心飯島半十郎は、『葛飾北斎伝』の中で北斎の特異な転居癖にふれ、生涯九十三回と言われる転居先の主な地名を列記しているが、尾州名古屋鍛冶屋町と並んで記されているのは、信州高井郡小布施村である。

北斎が信州高井郡小布施村の門人高井三九郎の家に仮寓していたのは、天保年間の一年間であった。

高井三九郎は、幕末信州の豪家で、名は健、字《あざな》は士順、号を鴻山《こうざん》と言った。三九郎は俗称である。生家は酒造業を営む富豪で、苗字帯刀を許されていた。三九郎は、文政三（一八二〇）年十五歳で勉学のため京へ上り、摩島松南《ましましょうなん》に儒学、貫名海屋《ぬきなかいおく》に書、岸駒《がんく》、横山上竜に画をそれぞれ学んだ。いったん帰郷した後、二十二歳のとき、再び京へ上って梁川星巌《やながわせいがん》に就き、師とともに江戸へ下っている。北斎との交遊がはじまったのは三十代に入ってからである。

江戸から帰郷して家業を継いだのは、天保七（一八三六）年のことである。北斎が、高井家に仮寓したのは、天保十三（一八四二）年秋のことだ。

天保七年と言えば、北斎の代表作絵本『富嶽百景』初編刊行の二年後である。『富嶽百景』刊行の折、北斎は号を卍《まんじ》と改めた。この後、落款には、画狂人卍、あるいは前北斎卍と書いた。

北斎は、『富嶽百景』初編に自跋を書いているが、そこには、北斎の狂おしいばかりの絵画への妄執が語られていて胸を衝く。

己《おのれ》六歳より物の形状《かたち》を写《うつす》の癖《へき》ありて、半百の頃《ころ》より、しば〳〵画図を顕《あらわ》すといへども、七十年画く所は、実に取るに足るものなし。七十三歳にして、稍禽獣虫魚《ややきんじうちうぎよ》の骨格、草木の出生を悟り得たり。故《ゆえ》に八十歳にしては、ます〳〵進み、九十歳にして猶其奥意《なおそのおうい》を極め、一百歳にして正に神妙ならんか、百有《いう》十歳にしては、一点一格にして生《いけ》るが如くならん、願わくは長寿の君子、予が言《こと》の妄《もう》ならざるを見たまふべし。

七十歳までに描いたものに取るに足るものはない、と北斎は断言する。もちろん、その中に『北斎漫画』も入るのである。『富嶽百景』の初編と二編は、はじめ西村屋祐蔵から出版されたが、後に版権が永楽屋東四郎に移り、三編が追加された。

北斎は自身がのぞんだ百歳を越える生命を授かることはなかったが、嘉永二（一八四九）年四月十八日、「奥意を極める」と彼が書いた九十歳を一期として、破天荒な絵筆一筋の生涯を浅草聖天町遍照院《しょうてんちょうへんしょういん》境内の仮寓で終えるのである。「悲《ひ》と魂でゆくきさんじや夏の原」という辞世を残して。

黒船浦賀来航の四年前のことだ。

四、『東海道中膝栗毛』

神風や伊勢参宮より、足引のやまとめぐりして、花の都に梅の浪花へと、心ざして出《いで》ゆく行ほどに……

右に引いたのは、十返舎一九《じっぺんしゃいっく》『東海道中膝栗毛《とうかいどうちゅうひざくりげ》』初編「発語」の一節である。『東海道中膝栗毛』初編の出版は享和二（一八〇二）年、板元は、江戸通油町《とおりあぶらちょう》に店を構えていた村田屋治郎兵衛であった。

享和二年と言えば、馬琴がはじめての京・大坂への旅をし、名古屋へと立ち寄って、貸本屋大野屋惣八に「伏稟」を書き与えた年だ。

『東海道中膝栗毛』は、初編「発語」にあるように、江戸八丁堀の弥次郎兵衛という「のらくらもの」が食客《いそろう》の北八とともに東海道を上る道中記だが、十返舎一九も、板元の村田屋も伊勢参りや京・大坂までの長旅をつづける気はなかったらしい。初編の旅程は、品川から箱根までで、それで、読み切りのはずだった。ところが、一九自身も板元も予想しない反響に、以後二十年続

十返舎一九像（永井如雲編『国文学名家肖像集』）。

き、文政五（一八二二）年『続膝栗毛』十二編を出すまでになった。毎年ほぼ一編ずつ刊行していったのである。

「膝栗毛」とは、人の膝を栗毛の馬にたとえた言い方で、いわゆる徒歩旅行のことだ。別に珍しいことではない。江戸時代庶民はみな徒歩で東海道を往来したのである。

弥次郎兵衛・北八が、尾張の地を踏むのは、『膝栗毛』四編下からで、文化二（一八〇五）年刊行の四編下の旅程は、三河赤坂から伊勢桑名までの行程だ。

三河赤坂の宿《しゅく》を鶏の声に起こされて出立した弥次・北は、岡崎、池鯉鮒（現・知立）を通って、尾張へと入る。

有松では、有名な有松絞りの染め地が家々に吊されているのを眺め、鳴海潟《なるみかた》を経て笠寺観書に参り、宮《みや》の宿（熱田）に着いたのは、日暮れ前であった。で、熱田で一泊するのだが、宿の亭主に、「ふねでおざりますか。又佐屋廻《またさやまわ》りをなされますか」と訊かれるのだ。

東海道は、宮から桑名へ乗り合い舟で渡る「七里の渡し」が本道だが、脇街道で宮から名古屋へ向かい、途中追分（現・津島）から佐屋街道を通って佐屋川の佐屋湊《さやみなと》から桑名へと舟で行く「佐屋廻り」もあった。佐屋湊から桑名へは「三里の渡し」で、乗船距離が半減する。

乗り合い舟には便所がないことから思い悩む弥次に、亭主が小便用の竹筒を用意してやるのである。弥次・北道中のこの下卑た笑いが、作中の狂歌とともに『膝栗毛』の幅広い人気を支えたのである。

*

文化二（一八〇五）年十月、『東海道中膝栗毛《とうかいどうちゅうひざくりげ》四編下《げ》』を刊行したばかりの十返舎一九は、伊勢参りの旅に出立する。『膝栗毛』五編の取材のためである。

それは、五編上《じょう》「附言《ふげん》並《ならびに》凡例《はんれい》」に出てくる、「予《よ》今年《ことし》神無月《かみなづき》廿日《はつか》あまり、六日の朝おもひたちて、東海道に杖《つえ》をはせ、伊勢路に赴き、内外《うちと》の宮巡りして帰りしは、雪見月の五日になん」と。つまり、一九は、十月二十六日の朝、江戸を出立、東海道を上って、伊勢参りを済ませ、帰還したのは十一月五日であった。

『膝栗毛』の人気に気をよくした板元村田屋は、販路を関西へも求めるべく、五編から、同じ通油町に店を並べる鶴屋喜右衛門との相板《あいはん》とし、鶴屋と提携している大坂の河内屋太助、西村源六を刊記に加えている。

十一月五日、江戸へ帰った一九は、日を置かず五編上の執筆にかかった。一九は、同じ附言に、「彫工机のもとにたえず、須臾《しばらく》も筆をおくことなし」と書いているが、板木職人の彫師が机のそばでたえず原稿の仕上るのを待っているという状態だったらしい。まるで次の部屋で担当編集者が待っている流行作家のようである。とにかく、『膝栗毛』が空前のベストセラーであったことだけは間違いがなかった。

ところで、「七里の渡し」の乗り合い舟で桑名に到着した弥次郎兵衛、喜多八（四編下までの北八は、五編から喜多八に変わっている）は、まず名物の焼蛤《やきはまぐり》をつまみに酒をくみ交わした。名所、旧跡の紹介ではなく、土地土地の名物や風物に関心を払うのが、『膝栗毛』の特徴で、それがまた、人気のもとでもあった。

五編上の旅程は桑名から追分（現・四日市）まで、五編下は追分から伊勢山田までで、挿画の画賛に尾張作者の狂歌や俳諧が載せられている。

五編上には、椒牙亭《しょうがてい》田楽《でんがく》、蛙面水《あめんすい》、南瓜蔓人《かぼちゃのつるびと》、梧鳳舎潤嶺《じゅんれい》、楳古《ぼうこ》、彙斉時恭《いさいじきょう》、燈台元《とうだいもと》暗《くらし》の七人、五編下では、花林堂《かりんどう》、右馬耳風《うばじふう》の二人、また、伊勢めぐりの五編追加には、在雅亭《ざいがてい》ひかるの狂歌が載せられている。つまり、五編には、合計十人の尾張作者が関わったことになる。

おそらく、伊勢参りの取材旅行中、一九は、これら尾張の狂歌作者や俳人と交流を持ったのであろう。そして、板元の名古屋地区読者への営業政策もあって、地元作者十名の起用ということになったものと思われる。

*

文化二（一八〇五）年十月二十六日からの十日ほどの伊勢取材旅行の折、名古屋に立ち寄った一九が、再び名古屋の地を踏むのは、十年後、五十歳の文化十二（一八一五）年夏七月のことである。

文化十二年は、杉田玄白の『蘭学事始《らんがくことはじめ》』が刊行された年だが、前年の文化十一年には、馬琴の『南総里見八犬伝』初編、北斎の『北斎漫画』初編がそろって刊行されている。

一九の『東海道中膝栗毛』は、文化六（一八〇九）年大坂見物の八編を刊行して完結していたが、あまりの人気に文化七年から『続膝栗毛』の刊行を開始、文政五（一八二二）年十二編まで出して一応続編は終わるのである。

文化十二年夏七月の一九名古屋来訪は、板元松屋善兵衛の招きによるものであった。一九は、松屋の依頼に応え、同年秋、秋葉山・鳳来寺《ほうらいじ》に参詣した『秋葉山・鳳来等一九之紀行』を出版するが、もう一つ一九が松屋の要望に応えてしたことは、石橋庵真酔著『滑稽祇園《こっけいぎおん》守《まもり》』に序文を書くことであった。

『滑稽祇園守』は、翌文化十三年松屋から出版され、それには、「文化亥秋《いのししあき》、名古屋旅泊中、東都十返舎一九」と著名された序文が寄せられている。

著者の石橋庵真酔は、『膝栗毛』五編上に画賛を寄せた彙斉時恭《いさいじきょう》で、椒芽亭田楽《しょうがていでんがく》とともに当時の名古屋を代表する戯作者であった。本名はつた屋伊兵衛、御薗二丁目に住む蠟石印《ろうせきいん》の彫工である。

『膝栗毛』五編が刊行された文化三年前後から、名古屋周辺では、地元作者による『膝栗毛』のパロディーが流行し始める。そのなかの代表作が、責酔著松屋刊の『津島土産』と、やはり名古屋在住の東花元成《とうかもとなり》著美濃屋伊六刊の『名古屋見物四編の綴足《とじたし》』であった。『滑稽祇園守』は『津島土産』の後編である。

『名古屋見物四編の綴足』。名古屋本町通で、一九（左）と出会う弥次と北を描いた挿絵。

『四編の綴足后編』には、名古屋逗留中の一九その人が作中に現われ、歓楽街広小路から大須を廻り本町通りを北へ向かう途中の弥次・喜多と出会う場面が描かれている。そこで一九は、本屋の主人二、三人と宿から酒を飲みに出かけたところだと語り、同じ宿・本町の駒庄に泊まれと弥次・喜多に言うのである。

本屋二、三人とは、美濃屋伊六、松屋善兵衛、永楽屋東四郎であったろう。駒庄は、玉屋町三丁目の「駒屋庄次郎」で、『四編の綴足』は創作でありながら、流行作家一九の私生活情報も伝えているのである。挿絵は、北斎門下の尾張藩士墨僊であった。

＊

十返舎一九『東海道中膝栗毛』の暴発的な人気は、尾洲名古屋の文人たちに、多くのご当地『膝栗毛』を書かせることになった。それらは、文政期の『熱田参り股摺毛』から嘉永年間の『当世奇遊伝』までつづくのである。

例えば、文政十（一八二七）年作の『栗毛の尻馬』は、作者近松玉晴堂、挿絵・皎月堂楓渓で、名古屋城下玉屋町三丁目の旅館「近江屋」を起点として、広小路を越え、若宮八幡の芝居小屋、清寿院、大須観音、七ツ寺、西本願寺懸所、橘町、東本願寺懸所、橘町裏町を経由して再び「近江屋」へと戻るという名古屋城下の遊興、歓楽地の具体的なガイドブックであった。作者近松玉晴堂は、「近江屋」の主人で、この一冊は、旅館の宿泊客へ向けて書かれたと思われる。

もう一冊、天保十四（一八四三）年の『郷中知多栗毛』の作者は、知多大野の人清水常念で、筆名を南瓜末成と洒落ている。

作者が知多大野の人であることから、この膝栗毛は、名古屋城下から知多大野への行程を克明に描いている。とりわけ、碁盤割の西端堀川の中橋から知多大野へと旅人を運ぶ乗合定期舟「大野舟」はリアルだ。毎晩一便で、乗客は船中で一泊、翌朝大野湊に着くのである。作者南瓜末成こと清水常念は、知多大野の本屋「文泉堂」主人であった。

一九『東海道中膝栗毛』の成功を支えたのは、折からの民衆の旅行ブームと、こうした文化文政期の出版ジャーナリズムの大衆化であった。

名古屋の板元でこの時期風月堂、永楽屋以外に活躍したのは、『尾張名所図会』前編を出版した菱屋久八郎・菱屋久兵衛、『改簿記綱目大全』を刊行した万屋東平、そして、ご当地膝栗毛物を出版した美濃屋伊六らである。彼等は、幕末から明治初年へかけ、印刷の近代化によって役割を終えるまで、江戸型の本屋として活動しつづけた。

なかでも東壁堂永楽屋は、十四軒の本屋が残した五百二十五種の板木のうちの三百六十六種を独占していた。そして、『尾張名所図会』後編の出版を最後の大仕事として、明治三十年代後半に出版と販売を兼ねた江戸型本屋を廃業する。時代は二十世紀へと突入していたのである。

かくして、狂歌、俳諧、和歌の社中とも重なりながら戯作者、浮世絵師たちによって支えられた江戸の出版ジャーナリズム文化も終焉を迎えることになるのだ。

＊

明治の近代出版史は、明治二（一八六九）年の「出版条例」と「新聞紙印行条例」の公布からはじまる。同じ年丸善が創業。初の日刊紙『横浜毎日新聞』の創刊は、翌明治三年のことだ。新聞ジャーナリズムの本格的な幕明けは、明治十二（一八七九）年大阪での『朝日新聞』の創刊からだが、同じ年春陽堂も創業して、新しい出版ジャーナリズムも始動するのである。

そして、明治二十六（一八九三）年、「出版法」「版権法」が公布され、近代出版の法制備が整い、明治三十二（一八九九）年著作権法の公布によって職業作家の法的保護がはじまるのである。この間、明治二十六（一八九三）年には、島崎藤村、北村透谷、上田敏らによる月刊文芸雑誌『文學界』が創刊、明治三十（一八九七）年には実業之日本社が創業、雑誌『実業之日本』が創刊する。また、著作権法公布の明治三十二年、雑誌『中央公論』（『反省会雑誌』が改題）も創刊され、作家たちの発表媒体が、新聞や雑誌へと広がってゆくのである。

東壁堂永楽屋の廃業は、明治三十七（一九〇四）年の新潮社創業の頃ではなかったろうか。

同じ頃まだ営業をつづけていた貸本屋胡月堂大惣も、出版の近代化の波をかぶっていた。西洋式の活版印刷術は、製本も和とじから洋風製本に変え、用紙も和紙から洋紙へと変更されたからである。その結果、本一冊の目方が何倍にも増え、本を背負って歩く江戸型貸本業の行商スタイルが不可能になった。それに加えて西洋型の公共図書館が各地に建設されることで、貸本屋の役割は縮小していった。そんななか、江戸を代表する貸本屋・長門屋が蔵書を処分して廃業した。

大惣が、ついに蔵書二万千四百一部の一括売却を決めたのは、明治三十二（一八九九）年、二十世紀を迎える前夜であった。

それまでに大惣の暖簾をくぐった顧客の中には、坪内逍遙、二葉亭四迷、幸田露伴、上田万年、尾崎紅葉、井上哲次郎、小栗風葉、森律子、石田元季、尾崎久弥、金森徳次郎らの名が並んでいる。

坪内逍遙は、「少年時に観た歌舞伎の追憶」と題した随筆のなかにこう書いている。

大惣は、私にとつては、多少お師匠様格の働きをしていたといつてよい。私の甚だ粗末な文学的素養は、あの店の雑著から得たのであつて、誰に教わつたのでもなく、指導されたのでもないのだから、大惣は私の芸術的心作用の唯一の本地即ち『心の故郷』であつたといへる。

逍遙が、芝居好きの母に伴われて大惣の暖簾をくぐったのは十一歳のときであった。書庫への直接出入りを主人に許された逍遙は、大惣本を読み漁って成育したのである。

大惣からの依頼で逍遙と水谷不倒が、蔵書売却の資金集めに奔走したことは有名なエピソードだが、逍遙による早稲田大学の一括購入は実現しなかった。

結局、大惣の蔵書は、東京帝大の上田万年、井上哲次郎の働きにより、帝国国会図書館、東京帝国大学図書館、京都帝国大学図書館に分割売却されることになるのだが、その作業が終了するのは、大正六（一九一七）年であった。内訳は、帝国国会図書館が三千七百部、京都帝国大学図書館が三千六百七十三部、残部が東京帝国大学図書館へ売却されたのだが、東大分は、大正十二（一九二三）年九月の関東大震災の折、大部分を焼失してしまっていて、記録が残ってはいない。

こうして、創業から百三十年、江戸の尾張文化をリードしつづけてきた日本一の貸本屋胡月堂大惣は幕を降ろしたのであった。

あとがき

名古屋久屋大通り公園にあるテレビ塔下の「蕉風発祥之地」記念碑の前に立ったのは、平成十七（二〇〇五）年六月のことだ。雨の季節で、木々の葉という葉から間断なく雨滴が落ちてきて、記念碑の黒御影石の面を滑っていた。

懐紙を型取った黒御影石に彫んであったのは、歌仙「冬の日」の表六句である。

わたしがこの碑を訪れたのは、同じ年八月三日から始まる中日新聞の連載エッセイ「文人どもが夢のあと――江戸東海交遊録」（原題）の取材のためであった。

週一回、五十六回の連載（平成十七年八月三日〜平成十八年九月六日）について、そのときわたしに全体に亙る明確な見通しがあったわけではなかった。決めていたのは、貞享元（一六八四）年冬、名古屋に滞留して土地の若き俳人たちと連歌を巻いた芭蕉から出発しようということだけだった。無謀といえばかなり無謀な試みだったが、その形が整っていったのは、江戸時代に、尾洲名古屋を代表する二つの本屋（出版社）を縦糸に選んでからである。そして、当時日本一の蔵書を誇った名古屋の貸本屋胡月堂大惣がこれに加わった。

こうして、風月堂、永楽堂、大惣という名古屋を代表する文化サロンを軸に、江戸と尾洲名古屋の文人、画家たちの交流を描いていったのである。

名古屋へ往来した文人とは、連載のほぼ半分を費やした元禄の俳諧師松尾芭蕉であり、次には伊勢松坂の国学者本居宣長、読本作家滝沢馬琴と十返舎一九、そして奇才と呼ばれた文化・文政の浮世絵師画狂人・葛飾北斎の五人である。

これらの文人たちが、それ以前の文人たちと決定的に異質であるのは、彼等が、江戸時代の中期から京都町衆の要請で起こり、江戸、名古屋へと波及していった出版ジャーナリズムを舞台としたという一点である。それこそが江戸の文人たちの新しさであり、近代へと脈絡する要素でもある。

この連載中、わたしはカメラを抱えて、岐阜長良川河畔の芭蕉の句碑、大垣水門川にある住吉橋の渡船場、伊良湖保美の杜國の墓、伊勢神宮に近い西行谷、伊勢松坂の室生山や鈴屋跡などを歩き廻った。このことは、わたしのエッセイの足腰をきたえてくれたと思っている。

今回一冊にまとめるに当たり、章立てをし、各章の前後に新稿を加えて全体の構成を整えた。連載時の原稿は、字句の統一や重複の削除以外ほぼそのままである。

参考文献一覧を付したが、この一書は、これら多くの先学の研究成果の上に成り立っている。わたしがしたことは、江戸の出版ジャーナリズムといういわば文人たちの蔭の力に、新たな照明を当てたことぐらいである。

*

最後になったが、初出の連載の機会を与えてくれた中日新聞論説委員の友人・小塚哲司氏、当時の文化部長・林寛子氏と野口寛氏、また、直接の担当記者・市川真氏と紙山直泰氏に対しお礼申しあげたい。

また、本書を一冊にまとめる当たり、御尽力下さった藤田三男氏、本造り校正の一切を手がけて下さった高井健氏に心より感謝の意を表したい。

この一冊の本によって、わたしはまた新しい扉を開けそうな気がしている。

平成二十三年夏七月

青木　健

主要参考文献一覧

第一章

『芭蕉七部集』（中村俊定校注、岩波文庫）
『芭蕉連句集』（中村俊定・萩原恭男校注、岩波文庫）
『去来抄・三冊子・旅寝論』（頴原退蔵校訂、岩波文庫）
『芭蕉書簡集』（萩原恭男校注、岩波文庫）
『蕉門名家句選』(上)(下)（掘切実編注、岩波文庫）
『芭蕉紀行文集』（中村俊定校注、岩波文庫）
『芭蕉自筆　奥の細道』（上野洋三・櫻井武次郎、岩波文庫）
『新訂　おくのほそ道』（頴原退蔵・尾形仂訳注、角川文庫）
『奥の細道ノート』　荻原井泉水（新潮文庫）
『『おくのほそ道』を読む』　平井照敏（講談社学術文庫）
『芭蕉の研究』　小宮豊隆（岩波書店）
『頴原退蔵著作集』第九巻（中央公論社）

『芭蕉読本』潁原退蔵（角川文庫）
『行きて帰る』山本健吉（河出書房新社）
『安東次男著作集』Ⅱ、Ⅲ（青土社）
『日本古典文学大系66　連歌論集俳論集』（岩波書店）
『連句入門』安東次男（講談社学術文庫）
『連句入門』東明雅（中公新書）
『日本詩人選17　松尾芭蕉』尾形仂（筑摩書房）
『旅人・曾良と芭蕉』岡田喜秋（河出書房新社）
『曽良長島日記』岡本耕治（朝日新聞名古屋本社）
『芭蕉　旅ごころ』井本農一（読売新聞社）
『『虚栗』の時代』飯島耕一（みすず書房）
『定本　蕉門の66人』山川安人（風神社）
『悪党芭蕉』嵐山光三郎（新潮社）
『西行物語　全訳注』桑原博史（講談社学術文庫）
『西行』白洲正子（新潮社版）
『西行』高橋英夫（岩波新書）

『芭蕉のうちなる西行』目崎徳衛（角川選書）
『校本　芭蕉全集』全十巻別巻一（阿部喜三男校注、富士見書房）

第二章

『本居宣長の生涯』岩田隆（以文社）
『21世紀の本居宣長』〈図録〉（朝日新聞社）
『松平定信の生涯と芸術』磯崎康彦（ゆまに書房）
『人物叢書　渡辺崋山』佐藤昌介（吉川弘文館）
『葛飾北斎伝』飯島虚心（岩波文庫）
『葛飾北斎』永田生慈（吉川弘文館）
『北斎』〈図録〉（東京新聞）
『日本の美術7　北斎』（菊地貞夫編、至文堂）
『太陽浮世絵シリーズ　北斎』（岡畏三郎監修、平凡社）
『浮世絵師歌川列伝』飯島虚心（玉林晴朗校訂、中公文庫）
『北斎宇宙をデザインす』西澤裕子（農文協）

『東洲斎写楽』渡辺保（講談社）
『大写楽展』〈図録〉（東武美術館・ＮＨＫ他）
『日本歴史　近世の思想文化』（東京堂出版）
『近世の国学と教育』山中芳和（多賀出版）
『本居宣長の学問と思想』芳賀登（著作選集第四巻、雄山閣出版）
『日本の時代史17「近代の胎動」』藤田覚編（吉川弘文館）
『名古屋の出版』岸雅裕（名古屋市博物館）
『「膝栗毛」文芸と尾張藩社会』（岸野俊彦編、清文堂）
『尾張藩社会の文化・情報・学問』岸野俊彦（清文堂）
『細井平洲の生涯』浅井啓吉（自家版）
『日本古典文学全集49　東海道中膝栗毛』（中村幸彦校注、小学館）

著者紹介

青木 健（あおき・けん）

1944年京城生まれ。詩人・小説家・評論家。名古屋大学法学部卒。1984年「星からの風」で新潮新人賞受賞。愛知淑徳大学非常勤講師、中原中也の会理事。主著、〈小説〉『星からの風』『朝の波』（鳥影社）、〈評伝〉『中原中也――盲目の秋』『中原中也――永訣の秋』『幕末漂流』（河出書房新社）、〈評論〉『剥製の詩学――富永太郎再見』（小澤書店）、『頑是ない歌――内なる中原中也』（福武書店）、『中原中也再見』（角川学芸選書）、〈詩集〉『振動尺』（書肆山田）など。

ゆまに学芸選書
ULULA
3

江《え》戸《ど》尾《お》張《わり》文《ぶん》人《じん》交《こう》流《りゅう》録《ろく》――芭蕉・宣長・馬琴・北斎・一九

2011年9月2日　第1版第1刷発行

[著者]　青木 健

[発行者]　荒井秀夫

[発行所]　株式会社ゆまに書房
〒101-0047　東京都千代田区内神田2-7-6
tel. 03-5296-0491 / fax. 03-5296-0493
http://www.yumani.co.jp

[印刷・製本]　新灯印刷株式会社

[組版]　有限会社ぷりんてぃあ第二

　ISBN978-4-8433-3613-7 C1391

……〝書物の森〟に迷い込んでから数え切れないほどの月日が経った。〝ユマニスム〟という一寸法師の脇差にも満たないような短剣を携えてはみたものの、数多の困難と岐路に遭遇した。その間、あるときは夜行性の鋭い目で暗い森の中の足元を照らし、あるときは聖母マリアのような慈愛の目で迷いから解放し、またあるときは高い木立から小動物を射止める正確な判断力で前進する勇気を与えてくれた、守護神「ULULA」に深い敬愛の念と感謝の気持ちを込めて……

2009年7月

株式会社ゆまに書房

●……………ゆまに学芸選書ULULA……………●

四六版・上製・カバー装

◆1◆ 磯崎康彦・著　好評発売中

松平定信の生涯と芸術

定価1,890円(本体1,800円) ISBN978-4-8433-3468-3 C1023　30歳の若さで老中首座に就任、寛政の改革を行った松平定信。その生涯を政治面ばかりではなく、多才な芸術面にも光をあてた新たなる松平定信伝の試み。

◆2◆ 田代和生・著　好評発売中

新・倭　館 ——鎖国時代の日本人町

定価1,890円(本体1,800円) ISBN978-4-8433-3612-0 C1321　鎖国時代、もう一つの長崎・出島があった。日朝交流史と釜山・日本人町に生きた人々の克明な生活記録。善隣外交を支えた人たちの物語でもある。

◆3◆ 青木　健・著　好評発売中

江戸尾張文人交流録
——芭蕉・宣長・馬琴・北斎・一九

定価1,890円(本体1,800円) ISBN978-4-8433-3613-7 C1391　芭蕉・宣長・馬琴・北斎・一九といった江戸時代の代表的文人は、尾張・名古屋とどのように関わりあったのか。東海地方と江戸との文人交流、当時の出版文化をたどる。

◆4◆ 志村和次郎・著　2011年10月刊行

富豪への道と美術コレクション
——維新後の事業家・文化人の軌跡

定価1,890円(本体1,800円) ISBN978-4-8433-3614-4 C1370　日本の事業家たちは如何にして巨万の富を成し、自らの財を美術品蒐集の名で世に還元したのか？　その知られざる事業家たちの秘話に迫る。